I0741879

STA.IS

El Primer Libro

LEONARD SWEET
LISA SAMSON

The Salish Sea Press

Palabras de Buena Voluntad

Sta.Is nos cuenta la historia del nacimiento de Jesús, en la perspectiva singular de Issy, la encantadora y fiel burrita de María. Narrada con deleite y capricho, *Sta.Is* es la verdad bíblica envuelta en una genial narrativa. Este primer libro de la serie, *Sta.Is*, aviva la imaginación y estimula el apetito por más.
~Bryce Ashlin–Mayo, Pastor Líder de la Iglesia Westlife y autor de *Digital Mission: A Practical Guide for Ministry Online*. bryceashlinmayo.com

Lisa Samson y Leonard Sweet cuentan una historia antigua de una nueva manera. Los lectores de *Sta.Is* escuchan una vieja y conocida historia del nacimiento de Jesús. Sólo que ahora a través de la burrita que cargó a María hacia Belén. Con inteligencia y sabiduría -y una buena dosis de ingenio saludable – Samson y Sweet abren los ojos, oídos y corazones de los lectores a una historia que muchas veces se ha vuelto forzada y obsoleta. Este libro no sólo enseña, sino que estimula la imaginación, abriendo las ventanas, permitiendo que el soplo de aire fresco traiga una brisa purificadora para sacudir el polvo de la historia que conocemos tan bien.
~Dr. Dyton L. Owen, Pastor, Autor

Aunque al principio pareciera profano contar la historia de Jesús según la perspectiva de una burra, este cuento cautivador logra ser reverentemente fiel a la vieja historia y al mismo tiempo, la expone con un enfoque dinámico que nos lleva a considerar, incluso saborear, matices de una profundidad que no habíamos alcanzado antes. Es una narrativa rica que anticipo reflexionar y releer muchas veces, y compartir en voz alta con mi nieto. Es una historia elevada al nivel de arte conceptual, testimonio de la Palabra viva y activa de Dios. Espero con mucha anticipación escuchar más sobre ls.
~Beth McKinnon, abuela y Enfermera de Casa de Reposo.

Acabo de terminar de leer *Sta.Is*. Será una gran lectura para mis siete nietos, de los 6 a los 15 años. Mi mamá y mi papá también lo disfrutarán. Mis compras navideñas están completas.
~Mike Krost

¡La portada lo dice todo! Te garantizo que sonreirás, sentirás alegría y serás bendecido con gratitud después de leer sobre Issy (o Is) la burrita y María la madre de Jesús. Se nos pide que imaginemos la historia del nacimiento de Jesús a través de los ojos de un burro. María ama a Issy, Issy ama a María y ambas aman a Jesús. Ese amor es el hilo de la verdad que se entreteje página tras página. Este libro es un deleite para los ojos y una alegría para el corazón. ¡Gracias Lisa y Len!

> ~Chris Miller, abuelo, jubilado, retirado como Ministerio de Cuidados Pastorales

¡Muchas gracias por compartir esta preciosa historia! Me encanta la simplicidad entrelazada con la profundidad y la creatividad de la narrativa no lineal. Las pequeñas pepitas de "la sabiduría de la burrita" no tienen precio, pero ¿la mejor parte? ¡El final! Es muy bueno.

> ~Jen McNab, Co-Creadora, Toward Thriving, LLC

¡Cautivador! Leí hasta que mis ojos no pudieron aguantar más y luego terminé el libro esta mañana. Es difícil encontrar las mejores palabras sin que suene trillado. Amo a la querida *Sta.Is* y su brillante perspicacia. ¡No puedo esperar para pedir varias copias para ponerlas en mi estante y dárselas a otros para ofrecer esperanza en este momento oscuro de gran oportunidad! ¡Increíble ilustraciones! ¡Simple, claro, poderoso, Divino! ¡Bendiciones a todos!

> ~Donna Lynne Vaux, LLP Jubilada y ahora libre para incursionar en expresiones de fe a través de palabras, pinturas y fotografías.

Qué mirada tan divertida y única a la historia eterna de la Navidad. Gran uso de la imaginación firmemente arraigada en la verdad de la palabra de Dios. Me encantó.

> ~Shaun Hart, Pastor, Iglesia Comunitária Hockinson

Disfruté mucho leyendo la historia de *Sta.Is*. Es una historia maravillosa de una burra anciana que tiene una visión espiritual de tantas huestes celestiales a su alrededor a lo largo de sus muchas aventuras. El amor incondicional de María es una verdadera bendición en su vejez. No puedo esperar a leer el próximo 'capítulo / libro' de Pascua.

> ~Mary Ann Miller, Kitchener, ON, Canada

Sta.Is

ISBN: 978-1-63613-013-2
eBook: 978-1-63613-016-3

Traducción por Janneth Saavedra • Livre Press, Inc. • www.livrepress.net • (800) 380-6171

Publicado por la primera vez en los Estados Unidos en Noviembre de 2021, por The Salish Sea Press, filial de SpiritVenture Ministries, Box 1493, Absecon, NJ 08201.

Agradecimento

Estamos especialmente agradecidos por y con el
Dr. Myrtle Merritt
que creyó en el proyecto desde el inicio.

Dedicación

A los grandes jefes:

Zeus, Thor, Hanna, e Hiro.

STA.IS

Por supuesto que Jesús montó a uno de nosotros para entrar en Jerusalén. Los caballos pueden llevarte allí con estilo, si eres inteligente, pero con los burros llegas vivo porque nosotros somos inteligentes.

LA LEYENDA DEL BURRO DE BALAAM

Los seres humanos hacen lo que hacen. Dejé de intentar entenderlos hace mucho tiempo. Pero siguen siendo un enigma, eso se los puedo afirmar.

STA.IS

¡Aquí vamos!

Una vez, en un viaje rumbo hacia el rey de Moab, el profeta Balaam golpeó a su burro. Ahora, cuando alguien lee su historia en las escrituras del pueblo hebreo, se trata más de Balaam que del burro, (que de hecho era una burra). Sin embargo, ¿quién llegó a la fama? La criatura que es conocida como el burro de Balaam. ¿Por qué?

Porque esa burrita hizo algo que nadie más había hecho hasta el día de hoy, excepto en los cuentos de hadas cuando toca el reloj la media noche.

Esta dulce burrita, nació diez años antes, dormía todas las noches en el establo de una familia con tres activos hijos, una madre enérgica, un padre con una risa magnífica y una anciana desdentada que decía ser una tía abuela que no veían desde hace mucho tiempo. Todos dudaban de eso, pero nadie tenía el corazón para saber con certeza si estaba diciendo la verdad, porque en ese entonces, como ahora, las almas amorosas se convierten en familia muy rápido. Y esta tía abuela daba de comer a la burrita, la acariciaba y le cantaba canciones mientras lo hacía.

Sin embargo, la burra era una bestia de carga. Cuando la familia necesitaba transportar cargas pesadas, la burrita las llevaba. Y tomaba su turno en el molino de grano del pueblo. Fiel e inteligente, le había dado varios burritos a la familia para que los criaran y los vendieran a lo largo de los años, y ellos la amaban, porque era una *burrita especial*, le decían a los demás. Nadie más lo veía así; pero se amaban, y eso era lo que importaba.

Un día, la desgracia interrumpió la buena fortuna de la familia y la generosidad de la tierra. La burrita estaba acostada para pasar la noche en el establo cuando palabras terribles, formadas en la boca del padre se dijeron.

"Estrellita," como se llamaba la burrita, "necesita venderse o comerse. Ya que ni siquiera podemos alimentarnos nosotros."

La anciana corrió al lado de la burrita (porque en ese entonces los establos eran sólo otra habitación en la parte trasera de la casa, con un portón para mantener a los animales encerrados pero abierto para mantener el calor cuando las noches enfriaban).

La hija mayor lloró, el menor le dio una patada al padre en la espinilla, la del medio comenzó a gritar. La burrita también debió haber gritado, sólo que en esos días, ella era como los otros burros en su mundo, sólo se preocupaba por la comida, el agua fresca y el descanso. Y al igual que los demás burros del mundo, estaba consciente del peligro. Así que detectó el tono de voz de la familia en esa noche.

"No creo que nadie pueda comer un trozo," dijo la madre. "Amamos a Estrellita, mantengamos la cama."

Todos estuvieron de acuerdo y los tres hijos, el padre y la querida anciana se calmaron.

La burra descansó su cabeza de nuevo sobre el manojo de paja.

Afortunadamente para la burra y tristemente para todos, en lugar de comérsela, la familia la vendió a un hombre llamado Balaam.

Lo cargó sobre su espalda durante muchos años. Balaam, un hombre importante, "adivinaba" la voluntad de Dios a cambio de una remuneración. También declaraba la voluntad de Dios gratis a oficiales de todo tipo, escuchando la voz de Dios dentro de él. Esto fue tan desagradable como uno podría sospechar, porque declarar mentiras en el nombre de Dios seca tu lengua como una viña que ha dejado de ser regada por las aguas del cielo. Eso es lo último que quiere un profeta mercenario.

Llamado por el rey de Moab, Balaam recibiría una buena recompensa para maldecir a las tribus de Israel que se habían reunido a la entrada de la tierra de Canaán después de vagar por el desierto durante cuarenta años. Dios no estaba dispuesto a cooperar y dijo un rotundo no. Pero Balaam, cegado por las riquezas que iba a recibir, puso nuevas palabras en la boca de Dios acerca de su propia misión. Creía que el Altísimo se había retractado de lo que le había dicho, por lo que viajó a Moab para pronunciar las palabras del Señor.

Pero Dios no cambia de opinión. Incluso la burra, que hasta entonces se había llamado sólo Burra, lo sabía. Aun así, no tuvo más remedio que llevarlo al Rey que lo había convocado.

Balaam y la burra pasaron por un camino estrecho entre las viñas. El día era caluroso; el profeta comió dátiles secos que había traído en una bolsita.

La burra redujo la velocidad y tomó un camino aún más estrecho.

¿Qué te he hecho?
LJS20

"¿Qué pasa Burra?" se quejó Balaam.

Se detuvo y se habría quedado allí si Balaam no le hubiera dado de palos hasta el punto en que mejor decidió arriesgarse y continuar por el camino. Viajaron un poco más entre las hileras de la viña y la burra se detuvo de nuevo, clavando el pie de Balaam contra la hilera.

"¿De nuevo? ¿Qué estás haciendo?" Balaam volvió a golpearla.

La burrita dio unos pasos más y se detuvo como una estatua. Incapaz de moverse hacia los lados, ya que las hileras eran demasiado estrechas, se negó a avanzar, dobló las patas y apoyó la cabeza en el suelo.

Balaam la golpeó por tercera vez en el muslo. "¡Eres una criatura horrible!" Y continuó con los incesantes palos. "Yo no..." *zaz*, "necesitaba," *crack*, "esto," *pop*, "hoy."

La burra volvió la cabeza y abrió la boca. Se oyó un gemido, pero en lugar del consiguiente rebuzno que Balaam esperaba, salieron palabras. Palabras humanas.

"¿Por qué me tratas con tanta dureza cuando todo lo que he hecho a lo largo de los años ha sido servirte fielmente?"

El profeta se quedó helado. Con su vara ya levantada, a punto de golpear, se quedó boquiabierto. Miró a su alrededor para ver si había sido el único que había oído. Tratando de convencerse a sí mismo de que había escuchado lo que creía haber escuchado, las palabras: "¡Si no fuera por el burro, estarías muerto, profeta!" Tales palabras le penetraron con chispas y puntas, mientras un ángel aparecía con esplendor y fuerza, ¡con una espada desenvainada!

Este no fue de ninguna manera uno de los mejores días para el profeta Balaam.

"Desobedeciste a Dios al escuchar el llamado del rey de Moab. Sin embargo, te dejaré ir a Moab, pero bajo ninguna circunstancia le dirás al rey otras palabras que no sean las que Dios dice."

El burro se puso de pie y avanzaron sin más golpes: "por lo menos para evitar que vuelvas a hablar," le dijo Balaam. "En retrospectiva, eso fue más desconcertante que el ángel."

Vaya gente, pensó la burra horrorizada.

Balaam entregó el mensaje. ¡El rey de Moab se enojó tanto al escuchar que Dios quería bendecir a los israelitas y que no se iba a deshacer de ellos pronto que envió a Balaam a casa ¡sin una sola moneda!

"Toda esta historia me terminó costando mucho dinero," le dijo a la burra, quien, ahora que podía hablar, decidió no hacerlo. Un "te lo dije," podría causarle otra ola de golpes, animal parlante o no. Ella era lo suficientemente inteligente como para saber eso ahora.

Los israelitas terminaron tomando la tierra y también a la burra. Una noche, el ángel se le apareció nuevamente a la burra, esta vez emanando el amor que Dios tiene hasta por un humilde animal. "¿Llevarías algún día al Mesías del Señor, amiguita? Has demostrado ser digna de tal tarea."

La burrita inclinó la cabeza y pronunció sus últimas palabras hasta el momento en que el Mesías la necesitara. "Sí," respondió ella.

"Hasta entonces, continua fielmente." El ángel tocó su frente con la punta de su dedo. "El Altísimo nunca te abandonará." Y el ángel se fue, dejando que la burra caminara por la tierra donde la humanidad decidía que debía ir.

La burrita hizo lo mejor que pudo. Pero a medida que pasaban los años, pensaba, en especial durante los días en que trabajaba duro, abrumada y descuidada, si el Mesías había ido y venido sin ella, o si Dios la había olvidado.

STA.IS

Las cargas que llevamos los burros
nunca son nuestras. Los seres
humanos son iguales, excepto que se
deleitan profundamente el resentir
este hecho.

STA.IS

~ 1 ~

Según mi familia, yo soy Issy. Me considero Is. En este momento de mi vida he recibido tantos nombres que no puedo recordarlos todos. Is me queda bien.

Incluida entre las bestias llamadas a servir a la vasta imaginación de la humanidad, llevo las cargas de estos seres bípedos que crean imágenes para sus propios ojos, notas musicales para sus propios oídos, sabores para sus lenguas y sensaciones para su piel. Crean espacios vacíos para colocarse ellos mismos o para poner a sus dioses como si no pertenecieran aquí, en esta tierra, en este vasto y magnífico mundo donde se despiertan todos los días y, en su mayor parte, lo ignoran.

Los seres humanos son extraños.

Toda esa inteligencia flotando en un mar de olvidos—quisiera que los animales tuvieran la misma suerte. Aunque bendecidos con ojos para ver, parece que los seres humanos han perdido de vista la importancia de usarlos a lo largo del camino. Su tendencia, cabe señalar, es ver la falta de lo que creen que debería existir. En consecuencia, estoy ligado a estas criaturas que crean negocios tan monumentales para sí mismos y que contratan al reino animal para que lo lleve a cabo. ¿Y además? No se sienten nada mal por eso.

Déjame rodar en el suelo, una buena rascada en la espalda, diez minutos de patas levantadas tumbada al sol calentando mi barriga, y estoy feliz. Los burros aprendieron a no complicarse la vida y, además, ¿cuándo tendríamos tiempo?

Como cualquier madre, me siento obligada a hablar sobre mis hijos. Después de dar a luz dos burritas y dos burritos, creé, como los humanos, algo muy especial. A diferencia de todos los humanos, con excepción de los esclavizados, me despedí de ellos para siempre para continuar mi largo viaje al servicio de estas criaturas bípedas y sobre—exigentes.

He caminado mucho durante toda mi larga vida.

Los seres humanos florecían y se desvanecían mientras mis patas vagaban por los jardines donde crecen y siembran sus semillas. Antes de llegar a Nazaret, hace doce años, en mi vida en las rutas comerciales, nunca me acosté en el mismo terreno ninguna noche. Las estrellas de arriba, acordes a mis ojos, a veces brillaban con tanta claridad, su luz pulsaba como un aliento. Sólo dormía porque el mañana siempre se recibe mejor con un buen sueño.

Pero, vaya, ¡esas estrellas! Algo dentro de mí hacía eco cuando brillaban tan intensamente.

Muy a menudo, me sentía abrumada en estas rutas. Todos los seres humanos, incluso los que tienen paciencia, lo hacen cuando el tiempo, los materiales y la desesperación se saludan con sorpresa, como si los problemas fueran algo desconocido. "¡Ups! ¡Hola! Parece que estamos en problemas. ¿Imaginan eso?"

Créeme, no es nada nuevo. Créeme que las soluciones más rápidas siempre implican sobrecargar a alguien. Créeme, no es una broma para el que se abruma y casi nunca es culpa nuestra. Los seres humanos han ocupado la tierra durante muchos milenios y aunque son inteligentes, todavía necesitan aprender que cuando ejercen mucha fuerza sólo generan más resistencia. Entonces ejercen aún más fuerza y no entienden por qué se rompen las cosas.

Y todavía hablan de terquedad.

Sin embargo, ciertos seres humanos caminan entre otros, y creo que son mejores, y tengo motivos para creerlo. En nuestra vida aparecen seres humanos que comprenden que otros sienten dolor, incluso los animales. Y cuando nosotros, las bestias de carga, nos encontramos con un alma llena de compasión, llevamos nuestra carga derechitos y con la cabeza en alto, no jorobados esperando el próximo golpe agudo y doloroso.

Al igual que los seres humanos, los burros eligen a sus personas favoritas y, a veces, formamos equipo con alguien que parece que los conocemos de toda la vida. Incluso una vida tan larga como la mía.

María es mi persona.

MARÍA DE NAZARET

Si es cierto que nada bueno
viene de Nazaret, entonces ni
siquiera entiendo el significado
de la palabra "bueno".

STA.IS

~ 2 ~

Si una sonrisa estalla en las calles de Nazaret por lo menos una vez, entonces el día es bueno. Gracias a Dios, Nazaret es un pueblo pequeño que hasta ahora no parece difundir su impertinencia. Sin embargo, los nazarenos, obedientes a las reglas como fuente de orgullo y vara para controlar, logran, de alguna manera, hacer lo correcto en los días festivos recordando con buena comida, buen vino y baile que la vida se hizo para vivirse y disfrutarse, y el tiempo nunca debe desperdiciarse.

¿Pues, qué es el tiempo, sino algo que no puede recuperarse?

Sin embargo, María sonreía. María sonreía y cantaba. María sabía contar las mejores historias. María sabía vivir. Ambas lo sabíamos. Una niña y su burro: cruzamos las laderas cubiertas de matorrales, nos sentamos a la sombra segura de los cedros erizos, recogimos piedras y las examinamos. A veces las conservaba, a veces no. Aún trato de descubrir por qué eligió ciertas piedras. Siempre me las mostraba porque yo era su amiga y ella era mía, eso era lo que más importaba, en realidad.

Aunque me veía obligada a seguir las órdenes de mi doncella, su carga liviana y sus modales fáciles borraron los muchos días anteriores de duro trabajo. Cuando algo divertía a María, toda la calle lo sabía. La gente le decía, "rebuznas como ese burro."

"¡Ah gracias!" respondió ella, continuando con sus cosas, ya fuera ayudando a su madre en el horno del pueblo, llevando agua para los animales en el establo, cuidando a los enfermos o entregando comida a los inmundos.

María entendía bien ese tipo de cosas.

Bramamos juntas, ella y yo. Como realmente deberíamos. Todas nosotras. ¡En especial al aire libre!

Rebuznen, buenos asnos. Rebuznen, buenos humanos, así como María e Is. Rebuznen sus canciones y pongan sus pies al aire libre y al sol. Sientan la bondad de la lluvia y el grano. Tiren y arrastren y carguen cuando sea necesario, piensen sus pensamientos más altivos e innecesarios, pero recuerden siempre girar con sus celebraciones, rituales extraños y su gente que los ama. Y al hacerlo, recuerden por qué hacen todo esto.

"¿Por qué?" un ser humano puede venir a preguntar.

Porque al Creador le agrada ver a los que Él creó experimentando gozo y amándose unos a otros.

Incluso los burros entienden que ese es el objetivo.

Entramos en las cercanías de Belén por caminos lentos y abarrotados que rodean Jerusalén. Sion se desborda de gente que llega para celebrar Sukkoth (Su-cot), la fiesta de la cosecha, además de ser contada en el censo de César. Escucha Is: siempre hay que celebrar una cosecha copiosa, antes de que comiencen las preocupaciones del año siguiente.

Vigilo la puerta del establo. En las noches claras, las estrellas bailan en racimos y grandes estelas de luces celestes aparecen como espuma en la cúpula de la oscuridad, en ese mismo espectáculo apasionante que existe desde que tengo memoria.

Una María cansada, de pronto parece mayor, más presente a los dolores y sufrimientos que ofrece este mundo. Yo miro y espero. Es todo lo que puedo hacer.

CÓMO LLEGAMOS A BELÉN

Llegamos a Belén de la misma
manera que cualquiera de nosotros
llega a cualquier parte: una pata
delante de la otra.

STA.IS

~ 3 ~

María aprendió a tejer y operar el telar desde que era joven. Algunos días me llevaba al campo a cargar mis cestas con lana recién esquilada. Afuera, bajo el sol de la mañana, abrazaba mi cuello, pegaba su rostro al mío y me apretaba con un grito lleno de alegría: "Te amo, mi Vieja Issy."

Así es como María me llamaba, Vieja Issy.

Algunas noches, María salía cuando las estrellas centellaban y adornaban una luna baja y dorada. Nos sentábamos juntas en el borde de la bodega vinícola, comiendo uvas. Me inclinaba para que María se apoyara en mí.

"Hay uno en cada familia," dice el viejo refrán que sospecho que siempre será cierto. En la familia de Joaquín, el mayor y su esposa Ana, María se convirtió en esa una.

Aunque cariñosa y perdonadora, como yo, María aprendió a ser firme. Con hermanos como los de ella, no es de extrañarse. Pero como todo ser decente, dejaré que esos dos, Eli y Joaquín el menor, hablen por sí mismos.

Escuchen bien.

Aproximadamente trece años después de su nacimiento, María, al colocar heno fresco en el pesebre, se encontró con su hermano Joaquín en el patio del establo. Su exasperación por mi ritmo lento al regresar a casa reveló su creencia errónea de que trabajar un burro todo el día sin agua es la manera perfecta de garantizar un rápido galopeo a casa.

Me azotó el trasero todo el camino, desde los campos hasta donde la familia tiene las cabras. "¡Ve más rápido, idiota!"

¡Un golpe más!

No dejes que nadie te engañe diciendo que nos acostumbramos a los golpes. No es cierto. No nos acostumbramos. Nadie lo hace ¿Lo ves?

Llegamos al patio del establo, el abrevadero lleno de agua y listo para nosotros. Yo estaba entre cuatro más.

"No beberás esta noche. ¡Estás castigada por ser un burra tan beligerante!" dijo Joaquín.

Ni siquiera conoces el significado de la palabra beligerante.

Pero, ¿qué más puede hacer un burro? Lo seguí hasta mi cama en el establo. Hubiera pasado más tiempo sin agua, por seguro. Los burros no son como los camellos, pero podemos pasarla mejor sin comida ni agua que los caballos. Digan lo que quieran sobre su belleza, pero ¿quién puede arreglar las cosas de la forma más económica posible?

Los burros, por supuesto. Cuando quieres un trabajo bien hecho, necesitas un burro.

María dejó la vasija en el suelo, corrió con las piernas firmes y agitando los brazos como espadas a los costados. "¡No!"

"Ah, aquí esta ella. La niña mayor vino a encargarse del trabajo del hombre." Joaquín bromeó, sin mirarla.

"Sólo eres dos años mayor que yo, Joaquín. Y si estás decidido a hacer un trabajo terrible cuidando a los seres vivos, entonces sí, yo me ocuparé de ellos."

"¿Qué pasa si digo que no?"

"¿Qué pasa si le digo a papá que tarde o temprano vas a sacar a un burro de servicio? Entonces, ¿cómo estaremos? ¿Si hago eso?"

Cruzó los brazos sobre su delgado pecho. "¿Te atreverías?"

"Ah, hermano." María se rio, puso las manos en cada uno de sus brazos cruzados y con un pequeño: "¡Hm!" lo empujó a un lado. "Sigue hablando, Joaquín, ¿de acuerdo? Issy ven..." —tomó mi arnés—. "Tengo más agua de la que puedes beber en una semana."

"Voy a decirle a papá." Joaquín le dijo cuando pasó a su lado.

María se dio la vuelta, se puso de puntillas y miró directamente a los ojos de su hermano: "anda, ve."

Al día siguiente, las canastas de María estaban en mi espalda. Cantaba una canción mientras yo trotaba por la carretera. Sentía un alivio cada vez que María me necesitaba, pero no esperaba palabras de ella ese día. Te necesito ahora, vieja Issy. Haré todo lo que pueda para tenerte conmigo. Voy a descubrir varias formas de necesitar tu ayuda durante mucho tiempo hasta que todos asuman que vas a venir conmigo. ¿Está bien?"

Rebuzné de felicidad. Todos sabían que cuando María prometía algo, nunca quebraría su promesa. Cuando María decía "Sí," significaba sí.

Y Joaquín podría ir a sumergirse en el Mar de Galilea.

Descubrí que una de las mayores características de los seres humanos es la capacidad de contener la lengua. Tal vez, como yo, oyeron y vieron tanto que también se les trabó la lengua. A veces la vida es tan admirable que a algunos nos deja estupefactos.

~ 4 ~

"Ahí van María e Issy. Ambas son iguales," le gustaba decir a la gente de Nazaret. No sabía, en concreto, a dónde nos dirigíamos, cuando el joven José Ben Jacob llegó a Nazaret. Se había trasladado a la ciudad de Séforis, para ejercer su profesión. Herodes el Grande, un idumeo que no era de Israel, había invertido en el bienestar de la ciudad, un lugar del que seguramente no se levantaría el Mesías, al que siempre le echaban en cara. No tenía tiempo para un Mesías, pero como hombre propenso a ataques de celos por su trono, tenía mucho tiempo para la idea de un Mesías. Así que construyó Séforis, así como construyó todo lo demás alrededor de Israel, para que sus ciudadanos no olvidaran el gran rey que ya tenían. También se ha erigido un tesoro exquisito en la ciudad.

¿Quién necesita un Mesías cuando Herodes está tan ocupado, súper ocupado y siempre ocupado para mantenerse ocupado?

¿Entiendes lo que quiero decir con los humanos ocupados?

José, un joven tallador de piedra, llegó a Séforis con su padre para perfeccionar sus habilidades artesanales. Cuando hubo un derrumbe por la falla de una de las vigas que sostenían el muro, muchos de los trabajadores fueron enviados a casa toda la tarde, incluido José, para que pudieran excavar lo enterrado y limpiar el lugar.

Finalmente, José y María se encontraron. Y si quieres saber, me llevo el crédito de todo.

Los burros ven cosas que los seres humanos no ven, como lo presenció el profeta Balaam. Los perros también; ¿Cuántas veces los caninos han estado mirando un rincón vacío, comunicándose con los ojos, la boca y la cola con alguien que el ser humano no puede ver?

¿La gente llama loco a ese perro? No.

¿Golpean al perro por ver esas cosas? No.

Los ojos de los perros y los burros son muy similares.

Ese día, un grupo de seres celestiales se extendió por el camino, frente a nosotros. Uno de ellos con la mano extendida a nosotros, con rayos de luz que irradian como una pared de vidrio brillante. ¡Por supuesto que paré! Esto sucede todo el tiempo.

Y los seres humanos piensan que somos tercos.

María, muy relajada, luchó por no dormirse por el ritmo suave de mi paseo. No me importaba andar muy despacio. No estoy loca.

Sus hermanos habían peleado la noche anterior, invitando a todos a la conmoción. ¡Y la gente dice que mi voz es horrible! Finalmente, mi doncella se acostó en el establo justo antes de los primeros rayos del amanecer y se acurrucó frente a mí, susurrando: "Y dicen que eres estúpida, Issy. Eso es porque no conocen a mis hermanos."

Si pudiera volver a hablar, le diría al mundo que un burrita no está burra. La hembra es una burra. Los machos son los que están burros.

Pero José no es así.

Afortunadamente, José a pie casi me alcanza, por el lado derecho, cuando la adormilada María se inclinó demasiado hacia adelante y se deslizó por mi espalda, mientras yo respetaba la pared de luz. Corrió hacia adelante, evitando que ella cayera al suelo. Su frente golpeó la parte posterior de su hombro. María no chocó su cara contra el suelo. José no lo permitió. Pero el rostro de él no tuvo tanta suerte.

Los seres celestiales estaban desapareciendo, probablemente felices de terminar una tarea fácil.

Los dos se rieron cuando María se apartó de la espalda de José, pisando el suelo firme. Se sacudió el polvo de la manta y tomó mis riendas. José se quitó el polvo de la cara, dejando una franja oscura justo en medio de la frente.

"No me entristeció que te cayeras de tu burro, doncella," dijo él.

María susurró mientras se paraban junto a mi oído: "Yo tampoco."

Totalmente inapropiado.

Los amé a ambos, por eso.

"¿Quién es este dulce animal?" Preguntó José, aún manchado de barro, sin tener idea.

"Su nombre es Issy. Ella lo es todo para mí en estos días."

Extendió la mano y me rascó la parte de atrás de las orejas. Aquí hay un gran ser humano. "¿Tú tienes familia?"

"Si tengo. Son muy traviesos. No soporto que se quejen, murmuren y peleen. Nada es demasiado bueno para ellos, así que ¿sabes lo que hice?"

"¿Qué?" Su tono dejaba muy claro que pensaba que cada palabra que saliera de los labios de María no podía perderse. La ayudó a sentarse en mi espalda, entrelazando sus dedos para darle un escalón a su pie.

Se estabilizó con una mano en el brazo de José: "Voy a vivir mi vida de otra manera. Lo juro ... ¿cómo te llamas?"

"José".

"Yo soy María"

Los ojos de José se agrandaron. "¿Hay muchas Marías en Nazaret?"

"¿Qué piensas, José?"

"¿Qué ni siquiera debería preguntar?"

"Dejaré que seas el juez de tu propia inteligencia."

"¿Joaquín es tu padre?"

"¡Sí! ¡Sí es!" Sus ojos se abrieron tanto como los de él.

Ambos se quedaron boquiabiertos.

"¿Eres José Ben Jacob?" preguntó María.

"Él mismo."

Él sonrió, ni él ni María notaron el estado de su frente. Hace cuatro años, cuando María sólo tenía once años, su padre se la había prometido a José, y ahora los dos estaban aquí, ¡conociéndose por primera vez desde que eran niños! Algunos pueden decir que fue por casualidad, pero yo sé que no fue así. Y cuando un burro lo sabe, lo sabe de por vida.

El ver ángeles también ayuda.

Por supuesto, han ocurrido otros hechos inexplicables. Y aún más. A menudo deseaba que sus espaldas llevaran cargas tan ligeras como las mías, pero todo lo que podía hacer era permanecer cerca, ayudarles cuando me necesitaban y protegerlos como lo hago esta noche. Sólo que ahora, hay tres de ellos. Uno, dos. Tres.

Y el tercero está gritando como loco.

MARÍA Y SUS HERMANOS

Los seres humanos lo llaman instinto, como si ni siquiera fuéramos conscientes de lo que hacemos repetidamente. Puede ser instintivo, pero sería un error pensar que pasa desapercibido, que nuestras acciones, de alguna manera predeterminadas por lo que somos, no significan nada más que ser completadas. Aprendemos de la misma manera que aprenden los demás. La única diferencia es que sabemos que comienza en el fondo de nuestro ser.

STA.IS

~ 5 ~

A los hermanos de María les importaba muy poco que José fuera su legítimo y legal prometido. Él era sospechoso de todo lo que pudieran imaginar.
José vino de Belén, la ciudad de David, el rey David, famoso por ser un hombre conforme al corazón de Dios. Los hermanos de María se burlaban de él.
"Estos betlemitas se consideran superiores a todos," dijo Eli un día camino al pozo.

Vamos, carga a la vieja Is. Un día más no me va a matar.

Unos minutos después, Joaquín sacó el balde del fondo del pozo. "Estos artesanos creen que tienen mucho más que ofrecer que nosotros."

José hablaba con moderación en todos los sentidos, veraz en todo momento, amable siempre que era posible.

"Es como una mujer débil. Su columna vertebral es de barro," le dijo Joaquín a María esa noche, cuando vieron a José caminar hacia ellos, con pasos abiertos y relajados.

Para nosotros los burros, eso se llama humildad, pero no nos hagas caso Joaquín.

La verdad sobre José no les importaba en realidad. No les gustaba. Si hubiera sido como ellos, no se habrían dado cuenta. María lo sabía. Y, como todas las mujeres que encuentran un buen hombre, no le importaba lo que pensaran sus hermanos.

Todas las noches venía a visitarla, ya que su compromiso terminaría con la boda, tan pronto como María llegara a la edad fértil. Cada mañana siguiente, María se despertaba confesando una cosa más que amaba de él.

Una mañana, Eli se acercó a María mientras me ponía mi arnés.

María, a estas alturas, ya tenía fama de tejer una tela buena y fuerte de lana que cardaba, esquilaba e hilaba del rebaño que criaba la familia. Dirigió su industria de principio a fin, con capacidad de producción de principio a fin. Ella acababa de aprender a tejer una túnica sin costuras, que usaban los estudiantes rabínicos. Ese día la iba a acompañar al campo. Me encantaban los días en que María me necesitaba.

"Es raro, María. No nos gusta," dijo Eli a la mañana siguiente, mientras ajustaba mis cestas.

"No me importa, Eli."

"Bueno, necesitabas saberlo."

"Y tienes que saber, de hecho, ambos deben de saber, que lo que está hecho, no se puede deshacer. Este es un asunto familiar, y les guste o no, no me importa. ¿Saben por qué?"

Joaquín cruzó sus brazos.

Ahí va de nuevo.

Lo siento, pero he visto este fenómeno de un hermano sabio y un hermano tonto durante siglos. Dejo que ustedes adivinen quién es quién.

"Me gustaría saber, sí." Eli respondió en el mismo tono que las enormes líneas que evocan los humanos.

"Porque todos en esta familia odian todo sobre todos, así que diría que su opinión es sospechosa desde el principio. Cualquiera diría que Dios está haciendo una obra horrible si te escucharan."

"¡Crees que eres tan santa!" Joaquín la tomó del brazo.

Di un paso adelante.

"¿Y qué crees que vas a hacer, burro?"

¿Ves?

¡Es burra, Señor Joaquín!

Me golpeó con la mano girada, con las articulaciones dobladas, en el lado izquierdo de la cara. Joaquín es fuerte. Grité, un chillido agudo y luego un grito gutural, acompañando a María que se lanzó sobre él, agitando las manos como aves de presa desplumando el cabello de su hermano. Ella gritó mientras lo empujaba y ambos cayeron al suelo.

"¡Deténganse los dos!" Eli, el más grande de la familia, gritó, agarrando a María por el cuello de su vestido y el cinturón, levantándola del suelo. "¿Cuál es tu problema, Joaquín?"

Eli levantó a María. "¡Y tú! María, ¿qué se te metió? Sigues actuando como si fueras mejor que nosotros."

"Es eso." Joaquín se puso de pie, sacudiéndose el polvo de su propia túnica. "Como si fuera tan santa, tan justa, una estrella tan brillante en el cielo de Dios que nada existe más que tú."

Tenía que darle crédito a Joaquín por intentar expresarse mejor con toda esta historia de estrellas. Después de todo, después de tantos años, encuentro esperanza cuando y donde puedo. Quizás no sea probable, pero posible.

Quizás fue una casualidad.

María levantó el dedo frente al rostro de su hermano, hizo un sonido y agitó la mano. "No. Vámonos, Issy. Vámonos."

Me sacó de la parte trasera del establo a la calle.

Caminamos el doble de lento hacia el pasto de las ovejas. María se calmaba con cada paso hasta que pronto una bandada de estorninos, bajando y elevándose, fusionándose y disipándose sólo para volver a la formación, llamó su atención. "Me encanta ver eso," susurró María. "¿Cómo lo saben, Issy?"

Los animales lo saben.

Los seres humanos lo llaman instinto, como si no nos diéramos cuenta de lo que hacemos repetidamente. Quizás sea realmente instintivo, pero sería un error pensar que pasa desapercibido, que nuestras acciones son sorpresas constantes. Aprendemos como todos los demás. La diferencia es que reconocemos que comienza en el fondo de nuestro ser.

Seguimos caminando: gente trabajando, ruedas en marcha, órdenes siendo dadas, un bebé llorando y en algún lugar alguien estaba dorando carne y cebollas. Terminó siendo un buen día.

"José es tan amable, ¿no es así, Issy?" María comenzó el día expresando su opinión sobre la amabilidad de José al hablar con ella, a diferencia de sus hermanos. Sobre el brillo de sus ojos cuando ella le hablaba. Qué guapo lo encontraba, con sus vistosos ojos castaños y sonrisa contagiosa. Yo llevaba a una joven llena de amor en su corazón y esperaba quitarle la carga de las preocupaciones de su mente, elevándolas a Dios, quien de hecho es quien podría resolverlas.

"Mi amado es mío. Ya es mío, Issy. ¿No es maravilloso?"

Feliz por mi doncella, incliné la cabeza, sacudiéndola en señal de acuerdo, e hice lo que siempre hice durante mil cuatrocientos años. Mantuve la boca cerrada y puse mi nariz en su mano.

MARÍA Y SIMÓN

Mientras los seres humanos no saben si
Dios responde las oraciones de los
burros, yo sí sé que los oídos de Dios han
escuchado las mías, ¿acaso el Creador de
todo no conoce las oraciones más
profundas de todos los corazones?
¿Cómo podría ser de otra forma?

STA.IS

~ 6 ~

Llámame del tipo práctico, pero naturalmente iba a volverme así después de todo el comercio y viajes que he hecho. Esta región, esta tierra de Israel, no es nueva para mí. He vivido en ella muchos años y la he recorrido más veces de las que puedo recordar. Desde Egipto hasta la Ruta de la Seda, todo lo que Oriente tenía para Occidente y Occidente deseaba de Oriente pasaba a través de ella.

Todo sobre mi espalda, diría yo.

Y no te olvides de todas las guerras. He peleado con los cananeos, los griegos, los romanos, los babilonios, los partos y los israelitas. El Altísimo me ha preservado para llevar al Mesías, y no puedes llevar lo que destruirás.

Soy una muy buena luchadora, pero lo mejor de todo —

—*soy una madre burra*, y somos conocidas en el reino animal por nuestra buena crianza. Por favor, no lo crean sólo porque yo lo digo. Sí, estos nazarenos actúan como si fueran mucho más inteligentes y experimentados que yo.

Qué poco saben en realidad acerca de su humilde bestia de carga. He estado en Jiuzhou, con campanas en mi arnés y hermosos colores cubriendo mi robusta espalda. He trabajado en minas y molinos, granjas y obras de construcción. ¿El templo de Salomón? Cargué piedra, claro que lo hice. Varias veces vislumbré las puertas de la muerte, sólo para ser llevada ante las claras aguas del abrevadero y el dulce trébol.

En uno de esos días peculiares que no se olvidan, pude ver burros como yo cuando viajaba en caravana por el desierto entre Egipto y Etiopía. Estos burros salvajes corrían sobre rocas y entre matorrales hasta el lecho de un río que corre en primavera. Rebuznando, corriendo y rodando por el río que corre en primavera.

¡Lo que podría ser si fuera libre!

¡Que así sea!

Si bien los humanos no saben si Dios responde las oraciones de los burros, sí sé que los oídos de Dios han escuchado las mías, porque ¿no conoce el Creador de todo las oraciones más profundas de todos los corazones? ¿Cómo podría ser de otra manera?

El Creador estaba en camino de responder a mi oración más práctica, que María fuera cuidada y se le permitiera vivir con tanta libertad como fuera posible. Las mujeres y los burros comparten muchas cosas en común. Tendemos a llevar el peso para que otros puedan hacer lo que quieran, y algunas veces, sí, lo que deben.

En una mañana que ella tenía libre, María le pidió a su primo, un joven generoso y enérgico llamado Simón, que nos acompañara al prado. A mitad del camino, María nos detuvo. "Mira, Simón," susurró, poniendo una mano en su brazo. "De hecho, necesito una escolta. ¿Irás conmigo a Séforis? Quiero ver el tipo de trabajo que hace José."

Simón, no tan pasmado por el agravio como sus hermanos, se echó a reír, sus ojos brillaban como si hubieran sido golpeados con pedernal. "¡Claro que sí! Esta será nuestra aventura." Me gustaba Simón, siempre listo para algo nuevo, siempre en busca de momentos felices y cosas para disfrutar. Uno de los mejores humanos que conocí por ser simplemente un humano, no tendía a complicar demasiado las cosas.

A los humanos les encantan las complicaciones.

El viaje de esa mañana nos llevó casi dos horas, las carreteras llenas de suministros que llegaban a la ciudad. "No quiero que José nos vea si es posible. Podría pensar que lo estoy espiando," dijo María.

Atravesamos las puertas de la ciudad, pasando por amplias villas en las que griegos y romanos, sacerdotes y ricos vivían con estilo.

"Lo estás espiando, ¿verdad?"

María aprovechó su incertidumbre. "Bueno, me gusta pensar que me estoy asegurando de algunas cosas. No creo que sea extraño que una mujer quiera ver trabajar al hombre con el que se va a casar, y verlo trabajar cuando él no sabe que ella está mirando. Ella podría averiguar mucho sobre él, ¿no te parece?"

"Eso sigue siendo espiar."

"¡Ah, está bien, Simón! Lo estoy espiando."

No digas una palabra, Is.

José nos vio de inmediato. Se río cuando María confesó la razón de estar en la ciudad en cuanto nos atrapó. Más importante aún, rascó la parte superior de mi cabeza mientras hablaban.

"Te mostraré algunas partes del lugar, María."

Ella se volvió hacia Simón. "¿Ves? Todo está funcionando."

Simón susurró en mi oído. "Ella es una espía astuta, ¿no es así?"   José hizo tallados decorativos y estaba aprendiendo el arte del mosaico. Incluso yo sabía que eran hermosos. "Mi padre me trajo aquí para buscar trabajo y adquirir más experiencia," dijo José. "Tuvo que irse a casa el año pasado después de que mi tío se enfermara y muriera. Mi tío estuvo a nuestro cuidado durante muchos años. Era el hermano de mi madre, acurrucado y de costado. Pero todos lo amamos. Fue muy duro para mi madre. Así que aquí estoy yo solo." El trabajo de José tallando capiteles para la parte superior de los pilares formados para rodear el patio de una villa, era refinado y tenía una ligereza que cualquier escultor apreciaría.

¡Bien por él! ¡Bien por María!

Trabajé en muchas ciudades a lo largo de los años, y Séforis, una obra maestra, rica y cosmopolita, demostró el viejo dicho de que no hay detalles demasiado pequeños para quienes pueden pagarlos. Que un artesano tan joven ya pudiera tallar a este nivel era poco común.

"No es de extrañar que te quisieran aquí después de que tu padre regresara a Belén." Simón dijo. "Eres realmente bueno, José."

"Gracias, Simón."

Esa noche, cuando entramos en el patio del establo con José, que regresó con nosotros, los hermanos de María se burlaron y lo golpearon con sus palabras. Pero José y María sólo se miraron el uno al otro.

Y a mí a veces.

Nunca te olvides de la vieja Is. Me gusta la atención tanto como a cualquiera.

A menos que nazca un bebé. Los bebés siempre deben hacer brillar su nueva luz celestial. Nunca olvides esto tampoco. *Is* se mantendrá firme para mantener a ese bebé a salvo. Así como lo estoy haciendo esta noche.

UN AÑO DE PAZ
El verdadero amor se irá si le dices que no lo quieres. Esa es la forma en que es, pero nunca dejará de amarte. Esa es la forma en que es también.
STA.IS

~ 7 ~

Pasó un año. María maduró enormemente bajo la luz del amor, José mejoró como artesano, los hermanos todavía me opacaban fuertemente con el título del mayor "burro" de Israel, y acompañaba a mi doncella a todas partes. Fue el año más hermoso, lleno de paz y cordial de mi vida. Comencé a ver a María como mi hija humana poco después de nuestra amistad. Después de todo, ella me llevaba en sus excursiones y le ofrecía más años de experiencia de los que jamás podría comprender. El día en que ella me llevó a ese abrevadero, poniéndose entre mí y un Joaquín mucho más grande y fuerte, decidí que la protegería como mi hija. El que se casara no me impediría tomar una decisión como esa.

"¡Adoras a ese burro!" decía Joaquín una y otra vez.

"Suenas como el Emperador." María volteaba la cabeza.

"Adoradora de burros."

"¡Romano! ¡Te encantaría que te pagaremos impuestos!" Al final, María lo ignoró. "Se está volviendo cansado, Issy. Voy a estar muy emocionada de irme a vivir con José."

No es que eso le impidiera burlarse de ella, pero nadie en la familia creía que Joaquín pudiera comprender las sutilezas.

Ese año, José visitó a María casi todas las noches y nos sentábamos juntos. A pesar de la caminata a Séforis cada mañana, José tomó una casa en Nazaret, al final del camino. María nunca fue a la casa de José, por supuesto, pero era más bonita que la de María.

"Ese, José," decía Elí cada vez que María mencionaba algo sobre mudarse después de la boda.

"Sólo es un presumido." "Al menos tiene algo que presumir, Elí," dijo María.

"Trabajo duro, María."

"Si lo haces. Y ahora imagina cuánto más lo apreciarían los demás si no intentaras rebajar a José en tu propio mundo de celos. Él está haciendo lo que su padre hizo y tiene su propio éxito. ¿Qué más quieres que haga?"

"Que se convierta en rabino. Es inteligente," dijo Elí.

"Bueno..." María miró al cielo en consideración, "tal vez él sea uno. Tal vez simplemente habla de Dios y de la ley de diferentes maneras."

"Hablas como si todos fuéramos rabinos entonces." Elí entrecerró los ojos y sacudió la cabeza con una mueca de acompañamiento.

María se encogió de hombros.

"Eres tan extraña, niña."

Gracias por el cumplido.

Pronto se iba a descubrir cuan extraña.

Los padres de María discutieron y planearon la próxima boda, que estaba a sólo tres meses. La anticipación y el enamoramiento conquistaron cualquier sentido de administración por parte de María y José. Aunque es una gran bendición ser desposados en un buen arreglo, agreguen el amor en sus corazones, y fue algo doblemente maravilloso.

"Me siento tan bendecida de tenerte, José," le dijo muchas veces durante el año.

A tales palabras, José nunca dejó de responder: "Soy yo quien es mayormente bendecido por tenerte a ti, María."

Esa extraña noche fue casi tan gloriosa como ésta, ahora que el bebé finalmente dejó de llorar, gracias al buen Señor. Ver este resultado era imposible en ese momento, pero cualquier resultado de gran magnitud generalmente lo es. Pero ahora mismo, María, como cualquier mujer que acaba de dar a luz, está dentro de la casa, limpiándose después de su parto. José, sin saber qué hacer con el bebé mientras ella no está, le ha puesto en el pesebre.

Oh querido. Aprenderá muy pronto, ¿no?

Esta ha sido una noche muy larga para todos nosotros.

MARÍA Y GABRIEL

Conozco a mis arcángeles. Y mis arcángeles me conocen.

STA.IS

~ 8 ~

Una noche de diciembre, unos meses antes de la boda, José aceptó una invitación para dormir en Séforis. "Nos retrasamos debido a ese derrumbe. Desafortunadamente, el comerciante para el que trabajamos, no entiende por qué eso debería marcar la diferencia en cuanto a cuándo se va terminar el proyecto." Encogió los hombros. "Odio decirlo, María, pero estas cosas pasan, y con bastante regularidad."

María, que acaba de terminar una prenda sin costuras para su primo Andrés, un nuevo alumno de un rabino cerca de Hebrón, estaba igualmente contenta de tener una noche para dormir temprano.

"Me dormiré con Issy," les informó a sus padres después de la cena en ese diciembre.

Pero María no se acostó conmigo en el establo. Salimos de la propiedad hasta una arboleda de cedros justo en el borde de la ciudad donde se encontraba el campo de cebada de su tía y su tío, podado durante el año, estaba programado para dejarlo en barbecho durante un tiempo.

"¿Sabes qué, Issy?" dijo mientras caminábamos: "No sé cómo me salgo con la mía." Ella encogió los hombros y suspiró. "Tal vez sea porque estoy tratando de hacerme de una ocupación." Caminamos un poco más. "¿Alguna vez te has preguntado cómo es en esas grandes villas en Séforis?"

Ni un poco.

Había sido propiedad de varias personas influyentes. Las villas de Séforis sonaban como una vida terrible. No se permite rodar ni rascar. ¡No gracias!

"A veces lo hago. Pero luego ..." ella me abrazó alrededor del cuello, "nunca sería libre como lo soy ahora. A nadie se le ocurriría robar a personas como nosotros. Además, te tengo a ti para protegerme, y José se nos unirá pronto. O mejor dicho, supongo que nos uniremos a él. Y luego, bueno, quizás no podamos vagar como lo hacemos, pero no importará, ¿verdad? Porque todos seremos amados."

A lo largo de los años, se han pronunciado muchos proverbios en mi presencia y mantengo mi sagaz observación de que realmente es mejor estar en un hogar sencillo con amor que en un palacio sin él. Sin embargo, para ser justos, un buen año en Alejandría serví al amable hijo de un sacerdote rico. El amor marca la diferencia en cualquier situación. Puede que sea sólo una bestia, pero eso lo sé.

José estaba preparando un buen hogar para su amada y ella se lo merecía. María merecía recibir todo lo que me había dado. Era tan libre como un burro podía serlo dado el tiempo y el lugar en que me encontraba. Mucha comida. Mucha agua fresca. Muchos abrazos. E incluso algunas rodadas.

Protección. Compañerismo.

Oh, no dejes que nuestros días de paseos se acaben, dulce doncella.

Me senté y María se acurrucó a mi lado. Cuando ella se durmió, yo también me quedé dormido. Pareció solo un momento cuando una gran luz nos sorprendió a las dos.

La luz giraba y centelleaba en una forma tan brillantemente aterradora y tan magníficamente hermosa como cualquier ángel que ya hubiera visto. Antes de que hablara, supe que no era un ángel mensajero regular, ningún ángel ayudante del que existe una profusión más de lo que cualquiera de nosotros pudiera imaginar. No, este era un arcángel.

Y mira que conozco a mis arcángeles.

¿El Altísimo envió a Gabriel?

¡vaya, vaya!

María se sentó, estirando el cuello hacia atrás al ver al ser eterno, los que habitualmente son invisibles y, sin embargo, preguntándonos mucho sobre como materializarse justo frente a nosotros. De un fino fantasma hasta rivalizar incluso el Faro de Alejandría, Gabriel brilló con un amor feroz y llameante.

"Hola, María. Estás llena de gracia. Dios está contigo." Su voz angelical llegó a mis oídos directamente como si las ondas de sonido no necesitaran viajar, sólo reconocerlas."

María se quedó sin aliento. ¡Este ser hablaba! ¡Sabía su nombre! ¡Y le estaba hablando a ella! Su cuerpo se puso rígido mientras sus manos cubrieron su boca abierta.

Gabriel se puso sobre una rodilla frente a ella. "No tienes que asustarte, María. Dios te ha visto y se complace en ti."

Ella se curvó y se recargó sobre mí.

Buena niña.

"Vas a concebir un hijo a través del Espíritu Santo y lo llamarás Jesús."

¿Qué? ¿Mi María? ¿Concebir a través del Espíritu Santo? ¿Qué significa eso? ¿Qué podría implicar eso? ¿Y cómo funciona esto?

Se quedó fría de nuevo cuando sus oídos recibieron el anuncio del cielo.

"Él será grande y será llamado Hijo del Altísimo."

Eso sonaba mejor. ¿Un gran hijo? ¿Del Altísimo? Incliné mi cabeza. Yo conozco a este Altísimo. Todos los animales lo conocen. No somos nosotros los que le hemos olvidado, así que nunca pienses eso. Nunca pienses eso.

"Dios le dará el trono de su padre David y él será el rey del pueblo de Jacob para siempre. Y su reino no tendrá fin."

"¿Cómo?" dijo María. "Nunca he estado con un hombre."

Gabriel extendió su mano. "El Espíritu Santo vendrá sobre ti, María, cubriéndote con el poder del Altísimo. Por eso, el bebé se llamará Hijo de Dios."

El hijo de Dios. ¿El prometido? ¿Podría ser el Mesías que me fue prometido? *¡Oh, que así sea!*

Siglos y siglos pasaron por mi mente como el borrón de un carruaje y la visión de una vasta llanura de pastos y arroyos y espacio para correr. Y respiré el olor del viento libre que soplaba a través de mi melena, por mis flancos y por mis viejas rodillas nudosas. Para sentarme y sentarme y sentarme, mi espalda nunca más se inclinará bajo el peso de la humanidad...

¡Oh, qué día será ese!

Gabriel continuó, cortando mis pensamientos con sus noticias. "Incluso tu prima Elizabeth está embarazada, aunque es de edad avanzada. Finalmente pudo concebir y ahora está en su sexto mes."

Elizabeth había estado orando durante años por un niño. Por qué Dios le cerró su útero era forraje para los chismes familiares.

"La Palabra de Dios siempre hace lo que proclama," dijo Gabriel. María respiraba repetidamente.

Que estaba pensando o sintiendo, no pretendía adivinarlo. ¿Quién puede saber lo que una proclamación como esa le haría a una doncella?

¡Hola! ¡Dios quiere tener un Hijo aquí en la tierra y tú ganaste! Tú serás su madre. Pasarás por un proceso que, con toda honestidad, sólo se explica en términos muy generales y trae consigo un pesado saco lleno de preguntas como, ¿te dolerá? ¿Arderá? ¿Cómo será caminar con el Hijo de Dios dentro de mi cuerpo?

¿Será más grande y desarrollado? ¿Saldrá hablando? Dios mío, ¿y si sale hablando? ¿Cómo proporcionaremos José y yo lo que necesita un futuro Mesías? Abundan las preguntas para las que todavía no hay respuesta, ¡pero las habrá! ¡Puedes estar seguro de eso!

Y entonces....

!Ah, y entonces!

Apenas podía pensar en eso. ¡La vergüenza inherente a tal situación! Porque ¿quién le creería? ¿Incluso les diría la verdad? He sido testigo de muchas verdades extrañas, pero esta situación, cuando se explica, suena como la excusa más extravagante que jamás habría escuchado.

María no respondió de inmediato. Te lo puedo asegurar una joven mujer fuerte como María sentada sobre sus talones durante un minuto pensando. ¿Y si ella se negaba? ¿Sería abatida? María conocía las Escrituras lo suficiente como para saber que la gente era abatida por menos.

¡Oh, María! Ojalá supiera lo que estaba pensando. *¡No olvide la primera noticia de que Dios está complacido contigo!*

Mi María era un placer para Dios con o sin su respuesta. ¿Puede haber mejores noticias? *No hay nada que temer*, dijo. ¿Recuerdas María? ¡Nada!

María enderezó los hombros y miró a Gabriel, poniéndose de rodillas. "Soy la sierva de Dios. Sí. Que suceda todo lo que dijiste, tal como dices que debe suceder."

Gabriel bajó la cabeza, extendió ambas manos y las colocó sobre nuestras cabezas. El amor, la fuerza y la consideración de él nos fortaleció. Sentí como si estuviera diciendo: "A veces no sé cómo lo hacen ustedes, las criaturas terrestres." Y nos sonrió. ¡Yo rebuzné y rebuzné y rebuzné!

Y María me hizo callar y se rio.

La sonrisa de Gabriel nunca se desvaneció cuando se transformó en la luz más brillante que fue como una bola incandescente que se desvaneció en la oscuridad.

La huella de su rodilla quedó en el suelo seco. María se acercó y colocó una mano en el medio. "¡Está tibia, Issy!"

Se volvió hacia mí, sus ojos brillaban como ámbar, la luz de lo sagrado brillaba sobre nosotros y en nosotros.

"¡Oh, Issy! ¡Es verdad! El Mesías finalmente viene. ¡Las promesas eran ciertas!"

Rebuzné un aleluya y disfruté rodando en la impresión de la rodilla de un arcángel.

Y aquí nos quedamos en Belén, la primera etapa de este viaje completa. Y aquí estamos en un establo nada menos, agotados en medio de una multitud de animales cansados que viajaron aquí como lo hicimos nosotros. Burros y caballos, sin mencionar una hermosa novilla roja acurrucada cerca del pesebre que se niega a irse a pesar de que José le ha pegado con el pie varias veces. Un bebé todavía está acostado en ese pesebre, envuelto en paños, porque José se durmió allí mismo en el heno.

Oh Dios. María viene. Ahora ella es madre. Confío en que ella será una buena madre. Capaz de hacer frente a los hermanos mayores por mí, ¿imagina lo que hará por su propio hijo? Pone una mano encima de mi espalda. Bueno, amiga. El ángel tenía razón, ¿no es así?

Soné la primera nota de mi rebuzno tan silenciosamente como pude y ella rodea con sus brazos mi cuello y aprieta.

"Estuviste aquí. Estoy muy contenta, mi querida vieja Issy."

Soy más feliz que nunca, aquí en esta noche, con sólo un establo en el cual vivir y tener hijos. A saber, Jesús. Marcamos el comienzo de nuestro Mesías y alabamos a Dios, el Altísimo, que parece favorecer el trabajo secreto de formas que casi nadie sospecha antes de tiempo.

Hombres se acercan.

"¡Oh Dios!" María dice. "¿Qué es lo que quieren?"

Es bastante increíble, pero un grupo de pastores camina hacia el establo. Puedo olerlos desde aquí.

MARÍA REFLEXIONA

Habiendo sido forzada a seguir los giros y vueltas de la humanidad, puedo asegurarles que las cosas se complican cuando los humanos se apresuran en sus propias fuerzas para abrirse camino. Ellos lo saben, pero de alguna manera siempre piensan que son la excepción a la regla. Quizás algún día...

STA.IS

~ *9* ~

María se recostó contra mí poco después de que Gabriel se fuera, cayendo en un sueño profundo. Cómo y cuándo el Espíritu Santo vino sobre ella, no puedo decirlo. Ella nunca lo discutió en mi presencia con nadie y ni siquiera puedo imaginarlo.

José continuó su estadía en Séforis durante los próximos dos días con planes de asistir a la comida del Sabbat con la familia de María. María esperó, por supuesto; ¿Qué otra cosa podía hacer? Ella rehuía de la lucha familiar. Acampamos todos los días en la viña, su rueca, su huso y su lana recién limpiada en mis cestas. Nos sentamos junto a las enredaderas, las ramas se extendían sobre nosotros, protegiéndonos del sol alto, y ella trabajaba la lana, preparándola para el telar.

"Claro, Issy" –añadió un fajo de vellón al huso–, "no tengo ni idea de qué dirá José. Estoy nerviosa. Nunca pensé ... quiero decir. ¿Quién puede imaginar que algo como esto sea posible?"

Tiró de una pizca de vellón, tejiendo los filamentos juntos. Cuando fue suficientemente largo para envolver de forma segura el huso, hizo una pausa. "Sabes que la vida será diferente para nosotros, ¿no? ¿Crees que me creerá?"

Rebuzné. Quería decirle que aunque la gente viene y la gente se va, los burros se quedan para siempre mientras nos quieran. Y no la abandonaría, no importa lo que decidiera José.

"Tienes razón. Es un buen hombre. Haga lo que haga, no será porque no lo pensó." Ella comenzó a moverse de nuevo. "No quiero pensar en eso."

No te culpo, María. ¿Cómo considera un humano lo imposible?

Después de poner el hilo en el huso, lo retorció, el huso cargaba el tejido resultante mientras nos sentamos juntas a la sombra, esperando y esperando. Durante dos días, su tensión punzó mis oídos. Como cuando mantienes una botella en el agua, de vez en cuando una burbuja de pánico sube a la superficie. Nadie nos molestaba en las viñas. Sin ángeles proclamadores. Sin hermanos que nos desprecien. Nada más que una mujer joven y su burra, que tenía un tribunal privado para un joven juez invisible que tenía su futuro en sus manos. Los planes que antes eran tan seguros, tan perfectos, ahora se posaban sobre una cumbre afilada, capaces de rodar en trescientas sesenta y pico direcciones desde un vuelco completamente fuera de su control.

Trabajó varias horas y luego se puso de pie para estirar las piernas y mover los hombros.

"Podemos creer las promesas de Dios o no, Issy. Pero todo lo que sé es que, cuando elijo hacerlo, siento valor dentro de mí. Cuando no" — susurró bajo, "tengo tanto miedo que no sé qué hacer."

Quería decirle que Dios siempre cumple las promesas si se lo permitimos. E incluso si no lo hacemos, incluso si pensamos que Dios esperó demasiado para hacer un movimiento, el Altísimo aun trabaja a nuestro favor. Habiendo sido forzada a seguir los giros y vueltas de la humanidad, puedo asegurarles que definitivamente es más complicado cuando se apresuran con sus propias fuerzas para forjar su propio camino sin el Señor.

Sin embargo, de alguna manera, El Altísimo no desperdicia nada de eso y esa es una de las razones por las que Dios es tan grande.

Y ahora vemos cómo la noche se profundiza aún más mientras los pastores entran en fila al establo, al menos siete en total.

"¡Está en el pesebre! ¡El bebé está en el pesebre!" dice uno de ellos, el más joven, ojos brillantes como madera envejecida y piel más oscura que los demás. Sus palabras se elevan con un asombro extravagante de la boca de un humilde pastor.

"Obviamente, Natán," regaña nervioso el mayor del grupo, quizás, por estar en la ciudad con tanta gente. ¿Quién sabía cuánto tiempo habían estado en el campo?

José agarra su cayado y se pone de pie. Casi podía escuchar sus pensamientos: *Justo cuando todos estábamos descansando.*

"Es como dijo el ángel, Isaías." Natán se vuelve. "Justo ahí. Envuelto como un cordero."

"Un cordero inmaculado." Isaías asiente. "Mi señor, apenas puedo creer lo que ven mis ojos."

El resto están detrás de Isaías y Natán. Todos se paran en el pesebre. Varios se limpian las lágrimas. He estado en Israel el tiempo suficiente para saber que un cordero envuelto significa una cosa y sólo una cosa. Su perfección, su rareza, significa que nace sólo para morir.

"¿Puedo?" pregunta el anciano. "¿Puedo tocarlo?"

Como María, parece ser un verdadero creyente en las promesas de Dios.

Este es verdaderamente el Mesías, ¿no es así?

Ahora sé por qué la presencia de los pastores significa tanto para mí, soy una humilde bestia, junto a humanos de humildes. Y me confirman que no me equivoco.

María sonríe y asiente. "Suavemente. No quiero despertarlo. Dejó de llorar sólo hace un rato."

Jesús se estira como lo hacen los bebés recién nacidos, un pie diminuto se suelta de los pliegues de la tela como si dijera, *sí, por favor, adelante*. Isaías extiende una mano y toca la parte superior del pie de Jesús. El otro pie se desliza hacia afuera y él también lo toca.

José se frota los ojos. "¿Un ángel dijiste?"

Parece que coleccionamos ángeles, nosotros tres. Pero eso es lo que sucede al servicio del Altísimo.

María se acuesta en la paja. José levanta al bebé del pesebre y se lo da a su madre. Ella lo sostiene cerca en el recodo de su brazo, su cabecita descansando ahí. "¿Un ángel?" pregunta ella también.

Sí. Cuéntanos sobre tu ángel.

"No sólo un ángel, aunque uno sí habló," dijo Natán, arrodillándose para que los hombres detrás de él pudieran ver al niño. "Había una gran cantidad de ellos. ¡Alabado sea Dios! ¿Verdad Isaías?"

"Así es." El pastor mayor se une a su joven compatriota, arrodillándose. "¿Cómo se llama?"

¡Jesús!

Rebuzno. Todas las cabezas giran hacia mí ante el ruido. Así que muevo la cabeza mientras me vuelvo hacia las estrellas, la noche, la luna y la forma en que el viento levanta las hojas de los olivos cercanos, a la casa del vecino, y la tierna luz de las lámparas de aceite brillando a través de las ventanas. Las conversaciones suaves se filtran en la atmósfera como nubes de calidez en el mar de la vida. Toda la creación parece estar dando a conocer su presencia aquí mismo en este momento.

Incluyéndome a mí.

"Es Jesús," dice José.

"¿Jesús? Bueno, eh, eh," dice Natán. "Estaba esperando —"

María se ríe. "¿Qué? ¿Qué esperabas?"

Natán se sonroja.. "¿Hassan? ¿Ezequías?"

Todos se ríen juntos.

Natán se cubre bajo sus manos. "Quiero decir, el ángel dijo que era el Hijo del Altísimo."

María se inclina hacia adelante y coloca una mano sobre su brazo. "Está bien, Natán. Todos hemos pensado lo mismo. Apuesto a que incluso mi pequeña y dulce Issy lo hizo."

Rebuzno que sí.

"¡Issy! Shhhhhh," dice María, todavía sonriendo.

Golpeo mis cascos delanteros y bailo un poco entonces. Uno de los pastores pasa su mano por mi lomo como para calmarme suavemente. Pero Jesús sigue durmiendo.

Creo que podría ser el tipo de humano que duerme a pesar de cualquier cosa, aunque probablemente sea demasiado pronto para saberlo.

JOSÉ SE ENTERA
Algunas historias son
demasiado extrañas para ser
formadas en la mente de un
mortal.
STA.IS

~ 10 ~

José nos recibió en el viñedo.

"¡María!" Se apresuró hacia ella y tomó su mano. "Pareciera una eternidad."

Ella tomó su mano, ambas ya cansadas por el trabajo con piedra y lana, por las herramientas y los materiales de la vida. Apretó con fuerza, la fuerza de tres días de angustia.

"¿Qué sucede?" preguntó mientras ella cerraba los ojos.

"¡Oh, José!" Ella los abrió. "Ni siquiera sé cómo voy a explicar esto. Y dudo siquiera de que me creas cuando lo escuches. Es así de loco."

Él la sentó a la sombra de una tarde azul que soltaba la tenue calidez del día de invierno. María me acercó y apoyó su mano en mi cuello para consuelo. El cielo mostraba distintos tonos de ciruela y violeta apilados como lino doblado ante un velo carmesí del color del corazón dolorido de María.

"Dime, María. Tú puedes decirme cualquier cosa. Lo sabes."

"José ..."

Presioné mi nariz contra su mano. Ella respiró hondo. "¿Crees que los ángeles son reales?"

¿Qué clase de pregunta es esa?

"Nunca he visto uno, María. Supongo que siempre he pensado que los ángeles se les aparecen a personas especiales. Tú sabes, a aquellos que son llamados por Dios para hacer cosas tan importantes que un ángel necesita dejarlo perfectamente claro."

"¿Entonces, sí crees?"

"Sí. Definitivamente sí."

"Muy bien." María respiró profundo, se estabilizó cuando su mano encontró la parte superior de mi cabeza, sus dedos se enroscaron alrededor de mi oreja, la movía arriba y abajo de nuevo. Continuó así mientras hablaba. "Vi un ángel el otro día."

"¿Lo hiciste? ¡María, eso es asombroso! ¿Estás bien?"

"Realmente lo estoy."

"¿Cómo era el ángel?"

Sentí alivio. Si no creyera que vino un ángel, seguramente no creería el resto de su historia. ¡Pero ahora teníamos la oportunidad de luchar! Lo mejor sería seguir siendo *nosotros*: Marí, José y la vieja Is.

"Brillante y como una luz, feroz y hermosa. Pero no es un mal feroz, José. Fue un feroz que quisieras de tu lado. Una verdad que se cantaba a pesar de que el ángel habló con palabras."

"¿Qué dijo el ángel? ¿Tenía nombre?"

"Gabriel."

Las manos de José subieron a la cabeza y aplastó los rizos que habían escapado de su cabeza. "¿Gabriel?"

"Sí."

"¡Oh! Bueno ... "

"Lo sé, José. Yo —"

"¿Cuándo fue esto?"

"Hace tres noches."

El shock se vio en su cara tratando de creer en algo mientras su cerebro instantáneamente le entregaba todas las razones por las que una invitación angelical no podía ser así. El amor le hace eso a una persona. Pero a veces es absolutamente cierto y todo lo que necesita es tiempo, no importa si el cerebro dice de otra forma.

"Cuéntamelo todo."

María transmitió la noticia exactamente como yo la recordaba. Mientras hablaba, cada palabra parecía entrar en un lugar dentro de José, reuniéndose con las otras palabras que ya habían caído allí. Y no sólo las palabras de María, sino todas las otras palabras que alguna vez había escuchado o leído, ya que José no sólo era un aprendiz de la ley escrita, sino que era un observante de las tradiciones orales de Israel.

De alguna manera, José las recibió como verdad, porque José, un joven justo, creía que las promesas de Dios eran para su bien. Le había oído decir eso varias veces. Y el amor también ayudó ese día. El amor nunca falla cuando lo invocamos.

"Entonces, dijiste que sí." Él tomó su mano: "Oh, María!"

Incluso un burro podía ver su cabeza dando vueltas con lo innegable de tal cuento. Era demasiado extraño para darle vueltas en la mente de un mortal, y además ¡tan joven e inexperto!

"¿El Mesías? ¿Estás segura de que eso es lo que dijo Gabriel?"

"Completamente."

José dejó caer su rostro entre sus manos, encorvándose mientras miraba a su prometida. "Bien. Está bien. Entonces." Se golpeó los muslos con las manos. "Tengo que pensar qué hacer." Sus manos encontraron su rostro de nuevo.

"Por favor, no me dejes, José. No tengo ni idea de cómo voy a contarlo—"

Su cabeza se levantó de golpe, los ojos clavados en los de ella. "No. No lo hagas. No se lo digas a tus padres, María. Eso terminará exactamente como crees que terminará."

"No crees que —"

"Sí lo creo."

"¡Son tan orgullosos!"

"Todo el mundo lo es, mi amor. Pero, sí, su forma de demostrarlo es más amplia que la de la mayoría de la gente."

Se sentaron juntos en silencio por un minuto, un minuto en el que podría haber atravesado el Sahara y regresar así de largo se sintió. Finalmente María susurró: "¿Me crees? ¿Verdad? ¿No es así?"

José suspiró. "Te creo, María. Dios nos ayude, a ti, a mí y al niño, pero te creo."

"Estoy tan feliz." Ella empezó a llorar. "Me he sentido tan sola, José."

José tomó su mano con las dos suyas. "Estoy aquí, María. No sé qué significa esto ni cómo va a funcionar."

"¿Quieres decir que todavía podemos casarnos?"

Él se detuvo.

¡Oh no! Sacudí mi cabeza. *No, José. Por favor. ¿No ves que te necesitamos?*

"¿José?"

"María. Hay que considerar la ley. No sé qué debo hacer al respecto. No creo que haya nada escrito específicamente sobre lo que un buen Hijo de David debe hacer cuando su prometida lleva a Dios dentro de ella."

Le concedo su sentido común.

"¡Sabía que no harías nada precipitado!" María lloró. "Estoy tan contenta de que no te vayas simplemente, ahora mismo, aquí mismo. No sé qué más esperar, pero sí, haz lo que tengas que hacer. ¿Seguirás viniendo aquí mientras tanto?"

"Sí lo haré. No te dejaré sola en esto. Tendremos que averiguar qué hacer."

"José."

"Lo sé, María. Lo sé. Pero es el Mesías. ¿Entiendes lo que esto significa?"

Y no sé si me creerán, pero una luz pura, una especie de gloria se instaló en él y a través de él, y José Ben Jacob alabó al Dios Viviente. Él cantó sobre la liberación del yugo de las tinieblas, cantó de la luz que las atraviesa, y cantó sobre la esperanza en el Mesías, su Mesías, el Cristo del Señor Dios. Él cantó del aceite ungido de las personas que vienen al mundo, aquí mismo en Nazaret, en el vientre de su amada.

José le creyó a María lo suficiente como para alabar a Dios con todo su corazón, alma, mente y fuerzas.

La Ciudad de David duerme. Los animales finalmente se acomodan después de la conmoción de los gritos femeninos, de la sangre, de las lágrimas y de la agonía por el brote de una nueva vida en un lugar demasiado pequeño para que sea fácil de pasar. Pero, no obstante, aparece y dice: "Estoy aquí."

El Mesías ha venido a iluminar el mundo, buenos humanos. Viene del lugar secreto de una joven de Nazaret que arriesgó su vida para traerlo a todos.

¡Rebuzna! ¡Y rebuzna!

Y nunca dejes de recordarles a tus hijos que Jesús viene a decirle al mundo cuánto Dios lo ama, a todo el mundo, incluidas las bestias humildes como yo Is. De todos mis años en este planeta, sé que Dios no ama a los burros más que a cualquier otra cosa, pero en una noche como esta, se siente como que sí.

Y si alguna vez se cuenta una historia, puede estar seguro de que mi María es la única, la única, que puede contar por completo lo que ha sucedido aquí esta noche, cómo sucedió y por qué. No es que nadie le dará crédito por ello. Pero conozco a María, no le importará. Que la historia viva y respire será suficiente para ella que cree en las promesas de Dios.

JOSÉ TIENE UN PLAN

Los humanos hacen planes y
Dios se ríe, es verdad. Pero
Dios planea y nosotros los
burros decimos: "¿cuánto
tiempo se llevará?"

STA.IS

~ 11 ~

Dos días después, caminamos con José hasta Séforis.

En el camino, nos detuvimos en un bosquecillo de sicomoros para esperar a que pasara un grupo de soldados romanos. María se inclinó contra mí, frotándose nerviosamente las manos "José, tienes que decirme lo que has decidido."

"Dame unos minutos más, María. Prometo que cuando lleguemos a Séforis lo explicaré todo. ¿Trajiste tus pertenencias?"

María asintió. Ella me había cargado con todo su equipo de hilado, algunas baratijas que había recibido de familiares que murieron a lo largo de los años, incluida una pequeña caja de ungüento curativo que su abuela había preparado años antes de morir. La anciana lo metió en las manos de María y le dijo: "Cuida esto. Es tuyo. Curará, pero confío en que no lo desperdiciarás, María. Úsalo para quienes lo deseen. Así es como sabrás a quién dárselo, ¿entiendes?"

Después de que pasaron los soldados, nos detuvimos en la carretera, el polvo de los carruajes y las carrozas cubren mi nariz. El tintineo de las herramientas acompañaba la percusión de los cascos y los pies, y alguien silbaba a las millas de distancia con nosotros. Finalmente, habiendo pasado por las puertas de la ciudad y viajado por las villas, José nos llevó a sentarnos cerca de un pozo.

"¿Qué estamos haciendo aquí?" ella preguntó.

"Simón viene, María. Te llevará a casa de tu prima Elizabeth. Tú e Issy."

"¿Por qué?"

"Por lo que dijo Gabriel, a Elizabeth le vendría bien la ayuda y tú necesitas alejarte de tu familia. Después del nacimiento de su bebé, encontraré un lugar para que vivas tranquilamente. Puedes tener el bebé y me aseguraré de que ambos estén bien."

"¿Entonces nuestro compromiso?" Ella le tendió la mano.

Él la tomó, la apretó con ternura y luego la soltó.

Las lágrimas llenaron los ojos de María.

"La ley lo prohíbe. No hay nada que pueda hacer. Depende del padre hacerse cargo de estos asuntos, pero al ver esta situación, que no tiene precedentes, en el mejor de los casos, esta es la única solución que se me ocurre. María, es el Mesías. No te haré pasar por esto sola, pero no puedo casarme contigo. Simplemente no puedo."

María contuvo un sollozo, se calmó y luego preguntó: "¿Qué le dirás a mi familia?"

"Ya está arreglado. Les diré esta noche. Como tu prometido, tengo todo el derecho a hacer esto."

"¿Cuál será tu razón para mantener esto en secreto?"

José le tomó la mano. "Tu familia puede ser grosera y a veces vengativa, y definitivamente propensa a pensar que lo saben todo, María, pero no son tontos. Sabrán que te voy a esconder por un tiempo, y creo que sabrán por qué. Sin embargo, lo que posiblemente no pueden darse cuenta por sí mismos es que el niño es del Espíritu Santo. Y ese—suspiró pesadamente—es un mensaje que no estoy listo para darles. Ni siquiera estoy seguro de que tenga derecho a hacerlo."

Más tarde, negándose a entrar en la posada con Simón, María contuvo las lágrimas hasta esa noche en el establo. Ella se acurrucó a mi lado y lloró toda la noche.

Aquí estamos en otro establo, un joven acurrucado al lado de María. Nuestros días para acurrucarnos juntas han terminado. Tal vez ella se acerque a mí en alguna noche y se acueste y recordemos los buenos viejos tiempos, y suspiremos juntas como siempre terminábamos haciendo. Pero todos los jóvenes crecen, ¿no es así? Asumen sus posiciones en la vida y si un burro tiene suerte, se le pide que lo acompañe.

El Mesías está durmiendo, los pastores entraron de nuevo a sus campos y una estrella apareció en el horizonte esta noche; no había estado allí ayer, como si su luz finalmente se hubiera encontrado con la tierra en la noche en que llegó la Luz de la Luz Única.

No rebuznos ahora en la quietud, pero mi corazón rebuzna de alegría y eso es suficiente. Mis años ahora están contados. Su nacimiento ha traído mi libertad y por eso, ya lo amo.

75

Llevaré al Mesías. Dónde, cuándo y por qué, no lo sé. Sólo sé que sucederá en una vida. ¿Una vida más? Parece un sueño. Pero sé de quién soy burro, porque sé de quién soy burro desde que tenía doce años.

Le pertenezco al Maestro ahora.

MARÍA Y SIMÓN VIAJAN A HEBRÓN

¡Humanos tomen nota! Sansón no
usó una de nuestras quijadas por
nada. En lo personal, yo prefiero
usar la mía para hablar palabras
de sabiduría. ¡Ah júa!

STA.IS

~ 12 ~

María y Simón me llevaron al sur desde Séforis a través de curvas traicioneras donde ladrones y asaltantes esperaban a viajeros vulnerables. Siempre lista, debería ser bien sabido que los burros son buenos protectores. Luchamos con nuestras patas delanteras y nuestras patas traseras. Les damos con todo.

Sin embargo, incluso yo sabía que cuando Dios coloca al Prometido en un ser humano, Dios es completamente capaz de guiar esos pies por el camino de la paz.

Simón me preocupaba mucho más que la posibilidad de que hubiera bandidos en la carretera. Los humanos nerviosos siempre están listos para una caída en un acantilado y hay algunas situaciones de las que ni siquiera un burro puede sacarlos.

"¿Qué fue eso?" dijo por vigésima quinta vez, cuatro días y diez millas al norte de Jerusalén. "¿Viste a alguien detrás de ese árbol?"

"No vi a nadie, Simón." María se acomodó encima de mí. "Detente un segundo, Issy. Tengo que caminar un poco, estirar un poco las piernas."

Lo hice. Ella se deslizó de inmediato.

Simón no sabía de su estado, por cierto, y gracias a Dios porque él poseía sólo dos comportamientos: juguetón y protector.

Sobreprotector.

Y María, libre en su interior, prefería el lado divertido. Aunque ambos me entretenían. Los humanos son realmente los seres más divertidos del planeta. Incluso avergüenzan a los monos si todo lo que haces es observarlos.

Ella tomó mi arnés de las manos de Simón. "Deja de preocuparte, Simón. Si buscas peligro a la vuelta de cada curva, eventualmente lo encontrarás."

Él se rio. "Eso no tiene sentido. Está ahí o no lo está." Ella se encogió de hombros. "¿Recuerdas la historia del asno de Balaam? Nadie vio al ángel más que al burro."

¡Así es! ¡Eso es correcto!

"Y ese ángel estaba allí para herir a Balaam, pero el burro lo salvó."

Ella tiene razón en eso también.

"No te estoy siguiendo, María." Simón se apresuró para alcanzar su paso.

"Bueno, si ese burro pudo detectar un peligro que nadie podría ver, ¿imagina lo que puede hacer Issy con lo que está frente a ella? ¿Correcto? Issy sabe cosas, Simón. Ella es brillante de esa manera y nos mantendrá a salvo porque si estamos a salvo, ella también lo está."

María es brillante.

"Y además de eso," continuó, "Dios nos está cuidando."

Simón resopló. "Sí, claro, María."

María empezó a soltar mis riendas y las devolvió a sus manos. "¿Qué quieres decir?"

"Como si Dios realmente se preocupó por nosotros cuando Roma tomó el control. Te concedo lo del burro, pero ¿Dios? Ya no lo sé. Estoy cansado de llevar paquetes de soldados por dos kilómetros. Estoy cansado de hacer reverencias y humillaciones. Estoy cansado de que todos estemos controlados con amenazas de ser vendidos como esclavos o asesinados. No sé qué es peor, obedecer todas estas leyes para mantener feliz a Dios mientras, aparentemente, eso es imposible, o arriesgarme."

"¡Simón!"

"Escucha, María, no me digas que nunca te lo has preguntado."

María guardó silencio.

"¿De verdad, María? Siempre pensé que eras honesta contigo misma."

"Yo soy honesta. No puedes saber todo sobre una persona, Simón. No puedes. Incluso conmigo."

"¿Has dudado de Dios?"

"¿Tengo que decirlo en voz alta?"

"¡María! ¡Vamos!"

"¡Sí! Está bien, sí lo he hecho. Muchas veces. ¿Pero sabes qué, Simón? Dios todavía está conmigo incluso en esos momentos. ¡Y mira! ¡Aquí estamos! Tú y yo juntos en este camino. Te amo y tú me amas y mira, Issy está aquí y nos dirigimos a Jerusalén juntos."

"Pero María, en cualquier momento ..."

"Pero no en este. No ahora. ¿Quieres saber algo sobre mí, Simón? ¿Realmente quieres? Porque no te va a gustar."

"Si realmente quiero."

La barbilla de la familia sobresale sobre ambos.

"Mi vida siempre está en manos de mi padre, o ahora, de José. Si tan sólo doy un paso en falso, eso podría ser el fin para mí. Entonces, tal vez haya llegado Roma y el pie de ese opresor Herodes esté en nuestros cuellos, y tal vez Dios esté enojado con nosotros. No lo sé. ¿Pero entre Herodes, Roma, mi padre y Dios? Ahora mismo, confiaré en Dios. Esa es mi mejor opción. No tengo el lujo de ser mi mejor opción como tú. Para las mujeres ha sido Roma desde que Eva comió el fruto. ¿Entiendes ahora?"

"Todo este mundo apesta," dijo Simón.

María se llevó una mano a la boca.

"Así es. Pero su belleza también te dejará sin aliento. Y te ayudará a sobrellevarlo. Por lo menos lo hace por mí. ¿Alguna vez sólo sales y te sientas, Simón?"

"No."

"Bueno, tal vez quieras probarlo en algún momento."

Ella está en lo correcto. Si no es el viñedo, es ese bosquecillo de sicomoros al norte de la ciudad. Hay todo tipo de lugares que siempre serán un secreto entre María y yo. Si ese pequeño bebé no termina deambulando por el campo buscando cosas, estaré muy sorprendida. Y tal vez Jesús invite a la vieja Is a unírsele algunas veces.

No tengas celos. Me tomó mil cuatrocientos años llegar aquí.

MARÌA Y ELIZABETH

Oh humanos, mi trabajo es fácil
comparado con el suyo. Me levanto, me
paro, llevo tus cargas, y cuando las quitas
de mi espalda, se van. Pero tú, llevas tus
cargas día y noche, cargándolas incluso
cuando no las hay, y asumiéndolas cuando
puedes elegir lo contrario.

STA.IS

~ 13 ~

La caminata de ciento sesenta kilómetros nos llevó una semana, durmiendo bajo las estrellas, observando el Sabbat con un pariente de José que vivía en medio del camino. Finalmente, una tarde, después de haber atravesado Jerusalén, llegamos a la región montañosa de Hebrón y, finalmente, a la casa de la prima mayor de María, Elizabeth.

María, cansada como cualquier mujer embarazada al comienzo de su embarazo, se apoyó en Simón mientras bajaba de mi espalda. "Me alegro de estar aquí, Simón, ¿no es así?"

"Lo estoy. Y estoy listo para ver a Andrés."

Las aventuras de Andrés sólo eran conocidas por la generación más joven.

María se rio. "No dejes que te meta en demasiados problemas, Simón. Él tiene más suerte que tú cuando se trata de ese tipo de cosas. ¡Espero que le guste la prenda que le hice!"

Se asomó por la puerta de Elizabeth. "¿Elizabeth?"

Ella dio un paso atrás.

"¡María! Prima, ¡estás aquí!" Palabras alegres se escaparon a la calle que precedía a su salida a través de la puerta, con el vientre primero, y en un abrazo compartido.

Las mujeres se apartaron, tomaron sus manos, se miraron a la cara y luego se abrazaron de nuevo, María inclinándose sobre el vientre de la mujer mayor. Una vez más llegó esa luz. De dentro de ellas dos se escapó y se abrazaron como amigos perdidos hace mucho tiempo. Las mujeres empezaron a llorar. Sus lágrimas cayeron sobre mí como pétalos de flores sobre la cabeza de un rey sabio y amado.

Lágrimas de alegría. Eso es lo que fue.

María estaba tan feliz de que su prima finalmente hubiera recibido el favor de bendecir a la humanidad con su vientre y porque se le dio la experiencia de ser madre.

¡Y ella podría decir lo mismo de sí misma!

Elizabeth se hizo hacia atrás y esa extraña luz la llenó de nuevo mientras hablaba en voz alta, como si estuviera ante una multitud de espectadores, no sólo Simón y un burro: "¡Bienaventurada entre todas las mujeres, y también lo es el bebé del que estás embarazada!"

¿Cómo lo sabe ella?

¡Gracias a Dios que nadie más escuchó! "¿Pero por qué tengo la bendición de que la madre de mi Señor venga aquí?" Volvió a tomar las manos de María. "¡Tan pronto como escuché tu saludo, María, mi bebé saltó de alegría!"

María le apretó las manos y sonrió.

"El Señor ha cumplido sus promesas," continuó Elizabeth, "y soy bendecida por creerlas."

Simón se acercó a mi lado y luego se inclinó y me susurró. "Voy a llenar el comedero para ti, niña."

Dios te bendiga, buen amigo.

María se unió a Elizabeth en su proclamación sobre la bondad de Dios.

"¡Oh, Elizabeth, me siento como Ana! ¡Mi alma ... es como si Dios fuera tan grande dentro de ella, tan llena de gozo que mi espíritu también se regocija! Es verdad. ¡Dios es nuestro salvador! El Señor mira con bondad incluso a una joven común como yo. Me bendice tanto que las personas que vivan de generación en generación estarán de acuerdo."

"Y la misericordia de Dios incluso se extiende a nosotros cuando nos damos cuenta de lo grande que es nuestro Señor y lo pequeños que somos nosotros. Y con brazo fuerte, Dios dispersa a los orgullosos y echa a los poderosos del trono. El Altísimo levanta a los humildes y da comida deliciosa a los hambrientos, mientras que a los ricos, en fila con las manos extendidas, Dios los echa fuera."

"El Todopoderoso ha enviado ayuda a Israel, el siervo de Dios, recordando la promesa de misericordia hecha hace tanto tiempo a Abraham y sus hijos. ¡Una promesa para la eternidad!"

Las mujeres se abrazaron por tercera vez.

"Tienes que contarme todo, María." Elizabeth se apartó y tomó a María por el brazo.

"¡Y tú también! ¡Aquí estás, prima, esperando un bebé!"

"¡Y a mi edad! Déjame decirte, tuvimos la visita de un ángel—"

"¿Gabriel?"

"¡Sí!"

¡Ocupado, bastante ocupado!

"¡Dejó a Zacarías mudo!"

"Ciertamente puedo entender eso."

"¿No hemos querido todos hacer lo mismo?"

María se rio. "¿Cuándo sucedió?"

"En el templo. Gabriel le dijo que iba a quedar embarazada y ya conoces a Zacarías. No lo creyó al principio."

Oh querido.

"¡Pero así es Zacarías! Nunca cree en nada al principio!"

"*¡Trata de decirle eso a un arcángel!*" *Reto a cualquiera.*

"Así que Gabriel lo dejó mudo. ¡Todavía no puede hablar! El ángel dijo que su boca permanecería cerrada hasta que naciera el bebé. Por cierto, quien se llamará Juan."

"Significa: Dios es misericordioso. El nombre perfecto."

"¿No es así? Dios ha sido misericordioso conmigo."

"¡Para todos nosotros!" gritó María, creyendo plenamente en esas misericordias en medio de las circunstancias más tristes que podría haber imaginado para ella. Mi María. La Ayudadora del Altísimo, el Creador Misericordioso que lleva la mañana en brazos de luz y la pone en el horizonte. Conozco horizontes. Sé cuándo raya la luz. La he visto llevarse la oscuridad más que cualquier bestia de cuatro patas en este mundo. La luz siempre disipa la oscuridad. No puede ser de otra manera.

Ciertamente, piedad para todos nosotros, incluso aquí ahora, en Belén. Especialmente ahora, porque en algun momento, Dios siempre entra al mundo, el mundo que nunca dejó atrás para empezar.

La noche ha llegado a su punto más oscuro y pronto saldrá el sol. Sin darse cuenta de su propia perfección, la novilla roja todavía duerme junto al pesebre. Las novillas rojas perfectas son un sacrificio poco común, sus cenizas se mezclan con agua que corre de una fuente, es decir, el estanque de Siloé y se usan con moderación. Dejan a una persona limpia después de haber tocado un cadáver, literalmente, habiendo sentido la muerte.

En muchos sentidos, en una tierra en la que ser impuro es una especie de muerte, una forma aceptable de destierro, supongo que la novilla devuelve al ser humano a la vida, a la comunidad, a la unión.

He oído hablar mucho del Mesías desde que vino a nosotros. Para nacer a través de María. Para nacer esta noche. Y tal vez, como la novilla, de alguna manera traerá a los muertos vivientes de vuelta a la vida, para nacer en todos los corazones. Y tal vez, algún día, también nacerá como todos los seres humanos, para revivirlos a todos de nuevo, tal como Dios sopló vida en el primero de ellos. Ah, seres humanos. Ah, vocês, seres humanos. Oh, humanos. Oh, humanos. Mi trabajo es fácil comparado con el suyo. Me levanto, me paro, llevo sus cargas, y cuando las quitan de mi espalda, desaparecen. Pero usted; ustedes llevan sus cargas, las llevan sobre sus hombros incluso cuando no las hay, las aceptan cuando pueden elegir lo contrario.

Quizás este nuevo bebé, nuestro Jesús, cambie eso.

La humanidad lo buscará para deshacerse de las cargas tan abundantes: opresión, aislamiento, sed, hambre, exposición. Y tal vez lo haga. Pero me gustaría pensar que primero eliminará lo que causa todas esas cosas, y tal vez sólo sea una tonta vieja burra que nadie piensa que sepa de esas cosas, pero yo sé bien qué es eso.

¿Qué es eso, vieja Is? Podrían preguntarse.

La negativa a creer en algo tan simple. Recuerdo haber escuchado las palabras del rey profeta David hace mucho tiempo durante su reinado: "Estoy seguro de que veré la bondad de Dios en la tierra de los vivientes."

Confianza. Confiar. Saber que Dios es bueno.

Si la humanidad realmente supiera esto, todo cambiaría una vez que aceptaran vivir así. Compartiendo más, más llantos juntos, más comidas, más amor, más trabajar juntos, y nadie moriría sin una mano que sostener.

Alguien se mueve dentro de la casa cuando la primera luz toca el cielo, azul y refinado, borrando las estrellas lejanas. Los ocupantes del establo seguirán su ejemplo mientras se despiertan con la melodía de los pájaros y las palomas que se posan en las vigas. Así que encontraré este momento para hacer eco de las palabras del poeta, porque verdaderamente, *he visto la bondad de Dios en la tierra de Israel, y su nombre es Jesús.*

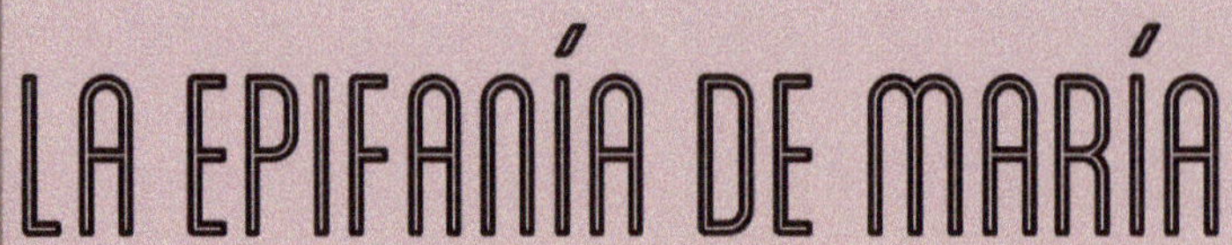

LA EPIFANÍA DE MARÍA

Los seres humanos llevan sus
cargas más pesadas en lo
profundo de su ser. Mejor una
carga pesada de ladrillos que
eso en cualquier día.

STA.IS

~ 14 ~

Dadas las circunstancias, María hizo lo mejor que pudo. Elizabeth sirvió comida deliciosa, tarareó alegremente y creció en entusiasmo y vientre a medida que crecían los bebés. Pero el corazón de María se hizo más pesado por la pérdida de su amado José. María me llevaba a caminar y derramaba su corazón. Nos sentábamos en una piedra que desde lo alto se contemplaba todo el valle.

"Sé que fue lo correcto, Issy. Fui hecha para esta hora, para decir que sí a esto, pero a medida que cada día transcurre sin José, preguntándome cómo será la vida para mí, para Jesús, sin esa clase de amor que había estado esperando …"suspiró, "bueno, no lo sé. Tenía la esperanza de que él simplemente aceptara las cosas, tomara al niño como propio y pudiéramos mudarnos a otra parte, pero luego…"

"Oh Issy! ! Ser el padre del Mesías sólo puede significar una cosa para él. Como cabeza de familia, tendría que morir antes de que el bebé dentro de mí pudiera convertirse en todo lo que él nació para ser. El Mesías no puede tener autoridad sobre él, ¿verdad?"

"¡Issy!"

No tenía palabras.

"Entiendo. ¡Esto ha sido mucho más para él! Esta es una decisión de vida o muerte, ¿no?"

María se desmoronó, el peso de lo que su amado llevaba en silencio se apoderó de ella.

"No tengo ningún lugar, Issy. No puedo pedirle esto a José. Elizabeth pronto dará a luz. No puedo volver con mi familia. Simplemente no sé qué hacer."

Ya que Dios es el padre del bebé, tuve una idea.

"Pero sí sé una cosa. No estoy sola."

Por supuesto que no. Aquí está la Vieja Is.

"Tengo las promesas de Dios. Tengo a mi hijo. Y sí …" —rascó mis orejas— "siempre te tengo a ti, Issy."

Ella me conoce.

Sin embargo, el aire se sentía pesado.

Cuando regresamos a la casa, tres meses después de nuestra llegada a Hebrón, Elizabeth entró en trabajo de parto. María ayudó al resto de las mujeres que la atendieron. El día se mantuvo tranquilo hasta que los dolores tomaron un ritmo que dio poco tiempo para descansar entre ellos. En la noche llegó Juan, el mensajero cuyo nombre proclamaba que el Altísimo es un Creador misericordioso que nunca deja ni abandona a los hijos de Dios.

Aquí, en el establo, una mano fina desciende sobre mi cuello como una de las palomas mientras arrulla durante el día.

"Descansa ahora, Issy," susurra María. "Me trajiste a este lugar. Me has protegido. Has estado conmigo en cada paso de este viaje. Descansa." Me lleva a un lecho de paja fresca.

No tiene idea de cuántos kilómetros caminé para llegar aquí.
Todavía nos quedan kilómetros por recorrer juntas, pero no quiero decirle eso ahora. La suave ropa de cama amortigua mi costado y ella tiene razón, ahora es el momento de que Issy descanse.

"Te amo, amiguita," susurra. Rebuzno suavemente y ella sonríe, su dulzura es lo último que veo cuando mis ojos se cierran y el sueño se posa en mí como la tierna caricia de María.

ISSY, LA COMERCIANTE
He estado en más lugares, caminado más kilómetros, he visto más cosas de las que has visto tú. ¿Y sabes qué? Sigo siendo sólo un burro.

~ 15 ~

Una semana después del nacimiento de Juan, el nuevo bebé estaba en peligro de ser llamado *Zacarías* como su padre. Nadie le creía a Elizabeth ni parecía conmoverse ni un ápice ante su insistencia en que se llamara Juan. No debería ser Juan, es Juan.

Somos nombrados, como ven, por una razón quizás más allá de la que conocemos. Pero yo sé. Al menos esta vez. Me llamo Issy por la tribu cercana de Isacar, que fue lo suficientemente brillante como para elegir al burro como símbolo. Y—acércate—¡el pueblo de la tribu de Isacar es conocido por sus búsquedas intelectuales! Son eruditos, filósofos, teólogos, topógrafos de lo conocido, exploradores de lo desconocido.

Ahora, la verdadera historia de cómo llegué a ser llamada Issy en la casa de María es esta:

Mucho después de haber cargado al profeta, fui intercambiada en Damasco después de años, muchos años, con un comerciante que poseía una tendencia aventurera. Mi nombre era Delicia, y aunque mi tiempo con la familia fue difícil debido a la naturaleza de su trabajo, finalmente viví una vida de aprecio y buen cuidado. Llevé a muchas generaciones a tierras lejanas y las traje de regreso con sus familias. Prefiero caminar mil kilómetros antes que ir a la batalla aunque sea por un día, sépanlo.

Amos, mi último comerciante, murió sin hijos en una tierra muy al este. Después de que los funcionarios locales se ocuparon de sus posesiones, me llevaron para ser comerciada, y mi corazón se desmayó en un grado que nunca antes lo había sentido. Esta había sido mi familia durante más tiempo que cualquier otra durante todos estos siglos. Sin embargo, me dejé llevar al mercado. Yo, Delicia, la gran burra comerciante.

¡Oh sí! Me dediqué al comercio tanto como cualquiera de los humanos.

Y me estaban intercambiando. ¿Qué más podía hacer?

¡Oh, la afrenta para alguien ya tan humilde!

Desde lo más profundo de mi ser clamé a Dios. "¿Cuánto tiempo más, oh Altísimo, hasta que vea a Tu Mesías? ¿Cuánto tiempo más voy a vagar por la tierra a la espera de la venida de Tu Reino? Oh, amable Creador, por favor, que venga pronto."

Mientras estaba de pie en el corral, me examinaron los dientes con dureza, me levantaron la cola y me empujaron y estiraron las orejas de vez en cuando, como si eso dijera absolutamente algo sobre mí. Oh Dios. Mi corazón comenzó a derretirse bajo la sombra de la desesperación. Oh, mi Señor, ya no puedo hacer esto. Por favor llévame a casa. Libérame de esta ardua vocación. Por favor libérame de la angustia y la monotonía. Libérame, te lo ruego, Altísimo, líbrame de este césped triste y afligido.

Deseé nunca haber sido —

"*Burrita,*" oí susurrar al Altísimo. No era una oleada o un rugido fuerte y poderoso como el viento en aumento levantando el fuego en un campamento del desierto estrellado.

Suave. Solamente.

"*Dulce Burrita, una vez más, querida. Una vez más es todo lo que pido. ¡Irás Conmigo una vez más?*"

E incliné la cabeza más hacia abajo y recibí un beso entre mis largas orejas, un beso de amor, el beso de la Luz Misma. Y dije que sí. Sí, lo hice. Sí, dije sí.

Puedes apostar que lo hice.

En ese momento, un ser tan brillante que apenas podía distinguir sus rasgos del rostro apareció ante mí. Oh, el amor. El amor.

Era el Cristo, Señor de todo, el Amado que se sienta a la diestra del Altísimo. Señor de los Ángeles. Señor de la Humanidad. Señor de los burros. Amante de todo, humano plenamente divino en perfecta expresión del Creador. Lo vi todo en esos ojos. Mundos sobre mundos sobre mundos, y este mundo, amado tanto por Dios, listo para que el aceite de la unción del Cristo lo santifique en y por su amor que todo lo consume, lo encienda en llamas con pasiones y habilidades y oportunidad tras oportunidad de amar y ser amado. Lo vi todo en ese momento.

Y los síes del amor estaban destinados a superar los nos de la indiferencia y el odio. Yo lo vi. Y yo agregué mi sí también. Sí, oh Señor de los burros.

Sí. Avanzaré hacia lo desconocido una vez más. Sí, y sí, y sí una y otra vez. Todos los síes que pudiera proclamar.

"¡Vendida!" Vendida imediatamente a un comerciante de burros con destino al día siguiente a la ciudad de Nazaret. Finalmente fui comprada por Joaquín el viejo, puesto en servicio como un animal de carga y entregada a María, quien, año tras año, creció en amor, bondad y favor con Dios.

Ella es el ser humano más hermoso que jamás haya conocido. Junto con su hijo, este Mesías, quien me encontró justo cuando más lo necesitaba.

Pasará algún tiempo antes de que este bebé crezca lo suficiente como para comenzar a ungir al mundo como el Mesías — está llamado a ser testigo de la obra actual del Altísimo en el mundo, en pleno amor, confianza y plenamente comprometido. Pero la unción silenciosa ya ha comenzado. La unción de otro nacimiento en la ciudad de Belén, pero esta vez aparece una estrella, los ángeles proclaman la gloria de Dios, los pastores adoran y una madre clama en un establo mientras un jardín de animales la rodea como flores vivas en un campo, todos presentes para el primer beso del recién nacido de Dios.

Pasará algún tiempo antes de que lo lleve a Jerusalén como es mi destino, la entrega de un Rey. ¿Y qué harán con este Rey? ¿Lo coronarán de verdad? ¿Lo ignoraran? ¿O lo matarán?

Conociendo a su madre, puede ser coronado o asesinado, pero dudo que alguna vez sea ignorado. He vivido mucho tiempo y los profetas han sido asesinados por mucho, mucho menos. Entonces descansa Mesías, descansa. La Vieja Is lo sabe. Is ha elegido tu bando, porque el Altísimo sólo llega en pureza y perfección a la palabra SÍ.

Amén. Amén. Amén.

¡ABANDONADA!

Él no era el primer
hombre en abandonar
una mujer en necesidad,
¡eso se los puedo decir!

STA.IS

~ 16 ~

Poco después de que llamaran a Juan, Simón llegó con un mensaje de José. "Te haré mi esposa, María. Un ángel me dijo en un sueño que lo hiciera. Te amo."

"¡Ve, María!" dijo Elizabeth. "¡Tienes que ir! ¡Ve mañana!" Y besó sus mejillas.

Nos dirigimos a Nazaret al día siguiente. Fue un viaje más feliz con María y Simón de regreso a sus habituales platicas alegres. Sin embargo, a unos veinticinco kilómetros de Nazaret, María decidió investigar la verdad de lo que pensaba Nazaret sobre ella.

"¿Qué ha estado diciendo mi familia, Simón?"

"Esperaba que no me preguntaras eso, María."

¡Y aquí estoy preguntándome por qué tardó tanto!

"¿Bien?"

Simón bajó la mirada al suelo brevemente. "Creo que tú puedes decírmelo."

Cierto.

"Pero la mía sería simplemente una buena suposición. Las buenas suposiciones no significan nada en ese momento, todas las suposiciones son simplemente eso, Simón. Siempre existe la posibilidad de que puedas estar, y de hecho podrías estar, equivocado."

Simón nos detuvo junto a un arroyo. "Dejemos que Issy beba mientras hablamos."

Bueno, eso estaba bien, supuse, siempre que mantuviéramos la distancia adecuada para que estas orejas pudieran oír.

"Mira, Simón," comenzó María. "He estado evitando esa pregunta durante meses. Estoy embarazada. ¿Lo saben ellos?"

"Sí, José les dijo poco después de que te fuiste."

"¿Dijo quién es el padre del bebé?"

"Sólo que no es de él ... María ..."

"Simón, no estoy pidiendo nada más que los hechos aquí. No necesito una opinión si te preocupa tener que dar la tuya y herir mis sentimientos."

"Es algo difícil, prima. Odio pensar sobre ti de esta manera. Es por eso que no me alegro, ni me froto las manos ni digo que obtuviste lo que merecías. Nada de eso. Te amo."

¡María se derrumbó al suelo, finalmente! Y lloró allí a orillas del arroyo. "Estoy tan asustada," decía una y otra vez.

"Sé que Dios está de mi lado, pero he leído a los profetas. Ninguno de ellos era inmune a la forma en que el mundo ve lo que es santo."

"No sé a qué te refieres, María." María se secó la cara con el dobladillo de la capa de su cabeza y se inclinó contra mí mientras yo seguía bebiendo, ¡y esa agua era buena!

"El padre de mi hijo es el Espíritu Santo."

El tiempo se detuvo.

Simón la miró fijamente, con la boca abierta antes de que la incredulidad apretara sus rasgos como ropa mojada secándose al sol. "Espera." Extendió las palmas de las manos al suelo. "Bueno. Creo que debí haberte escuchado mal. Dijiste el *Espíritu Santo*, como en, 'el Espíritu de Dios vino sobre él y profetizó' o 'el Espíritu de Dios vino sobre él y mató a miles de personas con la quijada de un asno.'"

Afortunadamente, no la mía.

"¿Es ese el tipo de Espíritu que dices que es el verdadero padre de tu hijo?"

María asintió. "Sé que suena loco, pero—"

"Suena más que loco, María. ¡Es una blasfemia incluso para un escéptico como yo! ¿Quién en el mundo te crees que eres para reclamar tal cosa? ¡Estas embarazada! ¡Antes del matrimonio real! ¡Y has encontrado una manera de culpar directamente al Todopoderoso por esto?"

"Yo sólo—"

"¿Qué pasó para que siquiera debieras pensar tal cosa?"

"Un ángel apareció y me dijo que quedaría embarazada—"

"¿Un ángel? Sé que no soy el hombre más inteligente de Nazaret, pero no creo que pensaras que soy un tonto, María. ¿Un ángel?"

"Pero él habló, Simón. Lo escuché."

Simón hizo una pausa, "¡No! No me importa lo que escuchaste. La gente escucha cosas todo el tiempo."

"Issy estaba conmigo. ¡Se notaba que ella también estaba mirando algo!"

"¿Se supone que debo aceptar la palabra de un burro ahora?"

¡Sí! No es que vaya a desperdiciar una sola palabra contigo, Simón.

"Sabes, María, siempre he estado aquí para ti. María y Simón, primos y amigos. Eres la rara de la familia e incluso mis propios padres se han preguntado acerca de mi devoción por ti, pero siempre supe que eras especial. ¿Estás de acuerdo con eso?"

"Sí, Simón. Lo has sido. Siempre me he sentido segura contigo."

Hasta ahora.

Dejé de beber y miré a Simón.

"Issy y tú se van juntas al campo. Sales de casa por la noche. Haces casi lo que quieres —"

"¡Eso no es cierto, Simón! ¿Tú sabes cómo es la vida en Nazaret y en especial para una niña?"

"No, María. Sabes a lo que me refiero. Te tomas libertades y esperas que a nadie le importe, esperas que nadie diga nada, y si lo hacen, pronuncias todas las palabras adecuadas. Y sí, son verdaderas, pero no siempre son amables, María. Sea como sea, está bien. Pero no puedes esperar que palabras como las que acabas de decir sean consideradas ni por un segundo por nadie."

"Pero Elizabeth —"

"¿Elizabeth? ¿Quieres usarla para justificar tu propio estado? ¡María, estás loca! ¡Quizás Elizabeth sólo te seguía la corriente para mantenerte a salvo! ¿Alguna vez consideraste eso?"

"No, yo —"

"Probablemente te apedrearan por esto y no quiero tener nada que ver con eso. Lo siento. Tengo que irme."

Dio media vuelta y echó a andar por la carretera, secándose los ojos con el dorso de la mano.

"¿Sin mí?" María lloró. "¡Simón!"

Levantó una mano y siguió adelante.

"¿Qué le vas a decir a la gente?"

No dijo nada.

"¡Confié en ti!" María gritó.

Pero Simón siguió caminando.

Sólo María y yo ahora; La llevaría a casa. Sí lo haría.

María lloró, susurrando mientras la noche se oscurecía y una capa de nubes ocultaban las estrellas. Nos escondimos en los arbustos hasta el amanecer. "No estoy sola. No estoy sola. No estoy sola."

No, definitivamente no lo estás mi dulce doncella. No mientras yo respire.

MARÍA Y JOSÉ

He caminado por la tierra. Presencié los
esplendores de Egipto y Mesopotamia.
Veo las riquezas de los hombres ir de un
lado a otro entre ellos como la marea. Y
todo lo que sé es que el amor verdadero,
la comida, el agua y un techo resistente
para mantener mis orejas secas es el
mejor final imaginable del día. Ah, y no
olvides una buena rodada en el heno

STA.IS

~ 17 ~

José nos recibió en la entrada de Nazaret al día siguiente, corriendo hacia nosotros mientras María me detenía.

"Simón vino a Séforis hace poco para contarme lo que pasó. Me puse en camino de inmediato," dijo. "¿Estás bien, María? Si lo hubiera sabido, habría acudido a ti mucho antes."

"¡Oh, José!" Se deslizó de mi espalda a sus brazos. El escándalo ya se había apoderado como la maleza, ahogando cualquier cosa que se acercara a la verdad, así que ¿por qué no darles más de qué hablar? "¿Ha dicho algo sobre el ángel?"

José se echó hacia atrás, con las manos todavía rodeando la parte superior de los brazos de María. "¿Le dijiste eso?"

"Sí." Ella abrazó su cuerpo. "No puedo creer que fuera tan tonta."

"Está bien, María. Todos decimos cosas de las que luego nos arrepentimos. No parecía abrumado por la ira o la decepción. De hecho, dijo que se irá a Capernaúm a la casa de un tío por un tiempo."

"Tío David." El cuerpo de María se encogió de hombros. "Espero que sea bueno para nosotros."

"Lo es. Simón se fue esta mañana. Me dijo que no sacaría a relucir tu estado a nadie. Ahora sé lo que quiso decir. Dice que te dejará en mis manos."

Lo sentí, sí lo hice. Sentí la pena de María fluir dentro de mí por perder a su pariente favorito, el que era más como un hermano de lo que Joaquín o Eli jamás serían. "¿Va a ser así, entonces? ¿Por el resto de nuestras vidas?"

"No. No lo será. ¡Al menos espero que no! Mi consejo es que guardemos esta noche para nosotros, María. Y no lo olvides, Dios me dijo que no tuviera miedo de tomarte como mi esposa. Eso me suena a promesa. Y espero que a ti también te suene como una."

Ella asintió. "Dos ángeles no pueden estar equivocados."

Tres. Recordé ese día en la subasta. Aunque eso era más que un ángel.

"Vamos a llevarte a casa."

En medio de las miradas y las burlas de los aldeanos y familiares, José nos guio. El joven, habiendo enfrentado una decisión difícil, había tomado la decisión más justa a su alcance. Mantuvo la cabeza en alto, la mirada abierta y dócil, la paz lo rodea a él y a su amada y a su burra.

Verán, nadie que él vio o escuchó en ese lento caminar por los caminos tortuosos pudo romper la alegría absoluta que resonaba en su corazón al estar unido a su María, su querida María, su amada compañera. El amor que fluía de él calentó mi cuerpo cansado y llenó mi corazón con la nota bendecida de la esperanza.

Nos llevó al pequeño establo adjunto al lado izquierdo de su casa, con paja fresca ya esparcida, heno fresco en el pesebre y agua en el abrevadero. Un paraíso para los burros.

Hicieron sus votos el uno al otro bajo un dosel de tela de María y la bendición de Dios.

ELI Y JOAQUÍN

Si ni siquiera puedes ser feliz
por los otros, Dios te ayude,
porque lo necesitarás

STA.IS

~ 18 ~

Pasaron los meses y el vientre de María creció llenando los extremos exteriores de su vestido. Le cantó al bebé que tenía dentro, hiló el vellón que le trajo José e hizo prendas de lana que José llevó al mercado de Séforis. Ella no recibía a nadie en casa.

María no había regresado a la casa de su padre por una buena razón. Una noche en el establo poco después de que llegáramos de la casa de Elizabeth, la puerta se abrió de golpe, pegando contra la pared.

"¿Eh, qué están haciendo?" José dijo, llegando a la puerta antes que ambos hermanos hubieran entrado. Le impidió a Eli cruzar el umbral, pero Joaquín se apresuró hacia María, quien retrocedió hacia la entrada del establo.

"Mira, ramera. La vergüenza que le has traído a nuestra familia" dijo con toda su rabia, "es suficiente para matarte. Lo sabes, ¿no?"

José dejó a Eli y corrió al lado de María. "Joaquín, detén esto. Entraste a mi casa sin mi consentimiento. Te sugiero que te vayas ahora mismo."

"¿Sugerir?" Su túnica se infló de desdén. "Supones."

José se paró frente a María. "Es hora de que ambos se vayan." Moviéndose, le pasó el brazo por el hombro a María. "¿Estás bien, querida?"

María asintió con la cabeza mientras yo entraba por la apertura del portón de la pared divisoria entre el establo y la casa.

Si quieren pelear, bien ... José podría ser un hombre santo, pero la vieja Is no.

Y no lo olvides, puedo pelear con ambas patas, delanteras y traseras. La mano de María se posó en mi cabeza

"¿Eli?" Preguntó José. "¿Qué viniste a decir realmente?"

Joaquín enrojeció, echó el puño hacia atrás y vaciló lo suficiente para que José viera hacia dónde iba el golpe. Cuando el puño se dirigía hacia el frente, José lo interceptó con su mano, su mano fuerte de trabajador de piedra.

¡Apriétala, José, apriétala!

Pero simplemente se lo arrojó de nuevo a su dueño.

Joaquín se golpeó su propia cara.

Yo rebuzné, rebuzné y rebuzné.

Se dirigieron hacia la puerta para alejarse del sonido de mi rebuzno.

José mantuvo la calma. "¿Eli?"

"Nuestra madre ha estado llorando día y noche por tu falla y no permitirle darle a su hija la boda que se merece. Nuestro padre se sienta en la esquina noche tras noche avergonzado. Y se ríen de nosotros. No te queremos muerta, hermana, pero debes saber que no podemos pasarlo por alto."

"¡No podemos y ni queremos hacerlo!" gritó Joaquín.

"Habla por ti mismo, hermano," dijo Eli. "No quise que las cosas pasaran así, José. Quería que esto se hiciera pacíficamente." Joaquín enrojeció más.

Eli agarró a su hermano menor por la manga. "Vámonos. Hablaré con papá sobre tu comportamiento. Hay formas de hacer esto, ya sabes, Joaquín. No necesitamos más chismes y ahora mismo tenemos más vergüenza de la que podemos soportar."

Eli sacó a Joaquín de la casa. Ninguno de los dos miró hacia atrás.

María corrió hacia la puerta y los vio irse por el camino. Varias personas se habían reunido en sus propias puertas para escuchar los sucesos familiares. Pasó su brazo por el de José cuando él volvió a encerrarnos y se inclinó hacia él, con la cabeza descansando sobre él con total confianza.

"Lo siento," susurró. "No soy más que un problema para ti."

"Vale todo la pena por ti, María." "¿A mi familia también?"

"Sí." La apretó contra su costado. "Aunque ellos requieren más trabajo."

Se sonrieron uno al otro, no sonrisas de alegría, sino sonrisas de dolor; sonrisas suaves con ojos tristes que dicen que juntos resistiremos este día y el día de mañana y lo que venga después.

Esto es amor. Esto es bondad. Y esto me da esperanza.

Me acosté en mi suave lecho de paja fresca. Verán, todo lo que siempre quise para María fue que ella pasara su vida con un hombre que se diera cuenta de lo preciosa que es en verdad. Y ella lo encontró.

GLORIA Y BENDICIÓN

Las canciones de María
sonaban perfectas para mí.

STA.IS

~ 19 ~

Por supuesto, María no podía ver la hueste celestial rodeándola durante este tiempo en Nazaret como yo la veía. Pero Dios no abandona a sus creaciones, ya sea que caminen sobre dos pies o sean llevados dentro de su madre.

Esta nueva familia no fue la excepción.

Aunque ella no podía ver a los cantantes celestiales, de alguna manera se unieron en alabanza.

Gloria, gloria, gloria al Señor, Dios Todopoderoso
Creador de las esferas

Amante de la humanidad
Hermoso, benévolo y lleno de misericordia.
Santo es tu nombre. Santo es tu nombre. Te has unido a nosotros en
    nuestro abandono.
Te has acordado de nosotros en nuestra desolación.
Nos has levantado en nuestra humillación.
Nos has aceptado en nuestro rechazo.
Eres nuestra esperanza en nuestra desesperación.
Nuestra luz en la oscuridad.
Nuestra alegre canción.
Rendidos en Tu favor cantamos:
Gloria, gloria, gloria al Señor de los Ejércitos.
El principio, el fin,
Desde la eternidad hasta la eternidad.
Tú eres Dios.

María y yo nos sentamos tan cerca como pudimos durante el día, la mujer de la casa y la burrita del establo. Cantaba y bailaba mientras yo descansaba más de lo que lo había hecho en muchos años. Una noche, mientras María cantaba, tejiendo cerca de la entrada del establo, rodeada de esperanza y favor mientras trabajaba, José llegó a casa con un paquete de higos secos.

"Encontré esto en el camino, mi amor. Normalmente es un tramo de camino muy transitado, pero nadie más que yo lo recorría en ese momento. Y ahí estaba."

"Un regalo del cielo, al parecer. O una persona muy descuidada."

Da lo mismo. Da lo mismo.

José arrancó un higo del tallo y se lo ofreció a su esposa. "María, mira. Dios nos ha mostrado que nuestro camino está lleno de la dulzura del plan del Señor para nosotros. No debemos temer seguir al Espíritu dondequiera que nos lleve por el bien de este niño. Así como una vez la hoja de la higuera cubrió nuestra vergüenza, la planta ha florecido, ha dado fruto y ahora está lista para ser consumida con la certeza de que veremos la bondad del Señor en la tierra de los vivientes. Y su nombre será Jesús."

Y así profetizó José, y la profecía se tornó verdad, ahora más que nunca.

Compartieron el higo mientras los ángeles levantaban sus corazones en alabanza y cuando todos regresamos a la tierra, lo que quedaba de nosotros estaba unido en confianza.

Todos seríamos cuidados porque Dios estaba aquí.

Y cuando Dios está aquí, no hay necesidad de sentir miedo.

LA VENGANZA DE JOAQUÍN

He vivido muchos siglos así que lo sé
con certeza, nada es imposible para
Dios. Pero tengo un secreto que
contar. Esta vida que estás viviendo
hoy, contiene todo el tiempo que
necesita para que te des cuenta de esto
por ti mismo.

STA.IS

~ 20 ~

Una noche, durante la cosecha, alguien llamó a la puerta.

José y María dormían.

El golpe volvió a escucharse y José se levantó, cauteloso. "Issy," susurró.

Poniéndome de pie, rebuzné suavemente y él abrió la puerta. "Por si acaso."

Siempre estoy lista para el *por si acaso*. Los burros están hechos para los *por si acaso*.

Los burros adoran *el por si acaso*.

Abrió la puerta para revelar una delgada franja de cielo nocturno bloqueada por una sombra. "¿Quién es?"

"Es Eli," susurró una voz. "No vengo a causar daño. Pero me gustaría que esto se mantuviera lo más secreto posible."

José dio un paso atrás y tiró de la puerta hasta la mitad, cerrándola rápida y silenciosamente detrás del hermano mayor de María.

María se despertó y levantó la cabeza. "¿Eli?" Ella se inclinó sobre un codo. "¿Conseguiste una bata nueva?"

¿Esa es tu pregunta? ¡Oh, Dios mío, querida ama!

"Sí, María." Se arrodilló donde ella estaba recostada.

"¿Está todo bien en casa?"

"Sí. Excepto por Joaquín. ¿José?" Hizo un gesto a su cuñado. "Deberías venir aquí." Tomó la mano de su hermana.

Cuando José se arrodilló, Eli susurró. "Joaquín no puede soportar la vergüenza que nuestra familia se ha visto obligada a soportar. Ha comenzado a llevarlo al borde de esa locura que sólo permite la venganza."

"¿Qué debemos hacer?" María se volvió hacia José. Eli apoyó la mano en el hombro de su hermana y miró a José: "Tienes que ir a Belén para el censo, ¿no?"

"Así es. Nos vamos dentro de una semana."

"Eso es lo que pensó Joaquín. Ella no puede quedarse aquí sola." Se volvió hacia María. "No puedes quedarte aquí sola. Y no puedo estar aquí para protegerte o seré visto como culpable." Se volvió a José "¿Puedes llevarla contigo a Belén?"

María, casi completamente embarazada, estaba lista para dar a luz en semanas o quizás días si los tiempos nos lo permitían.

Sus ojos se agrandaron. "¿Oh, pero todo ese camino en mi estado? Apenas puedo imaginarlo."

"Lo sé, hermana. Pero la alternativa es impensable. Por favor, esta es la mejor respuesta a todo esto."

"¿Qué pasará mientras yo no esté?" Preguntó José. "¿Esta casa? ¿Nuestros animales?"

"Tengo una respuesta en el patio del establo. ¿Está bien si le invito a pasar?"

"No tengo idea de quién estás hablando," dijo José, "pero sí, por supuesto."

Eli se levantó, atravesó la puerta, pasó junto a mí y entró en el patio.

Regresaron dos, la segunda persona se apresuró a caer a los pies de su prima. "María," susurró Simón con un ronco grito del corazón. "Perdóname, prima. Nunca has sido infiel. Te creo."

"Yo también," dijo Eli. "Simón me lo contó todo cuando estuve en Capernaum hace unas semanas y oré al Señor por una respuesta a mi pregunta de si esto podría ser así o no, y me respondieron satisfactoriamente."

¿Otro ángel? Eli definitivamente asumiría que todos pensarían que está loco. Incluso yo sabía eso.

Sin embargo, la explicación no sorprendió a nadie. Era todo lo que Eli estaba ofreciendo. María sabía, al igual que yo, que era todo lo que podría haber.

"Gracias, Eli," dijo en la oscuridad. "Gracias, Simón. Los he extrañado mucho a los dos."

"María." Eli le tomó la mano. "No puedo estar a tu lado. Si tuviera los recursos para hacerlo, te alejaría de esto yo mismo si pudiera." Se volvió una vez más hacia José y coloco su mano en la suya. "José, como su hermano mayor, confío en ti para que hagas lo que no puedo, lo que desearía poder hacer si tuviera la fe que tú tienes." Soltó la mano de María y apretó la de José con fuerza.

"Prometo que la fe que tengo siempre será para el bien de María, Eli."

Sentí que el corazón de María se abría de alegría. "Gracias hermano."

Ellos se regocijaron. ¿Qué más podían hacer? Los perdidos han sido encontrados, todo lo que se había alejado del amor volvían para servirlo, y lo que se necesitaba para que nuestra familia viviera unida en gracia fue dado incluso en los corazones de quienes más amaban a María.

El viaje que tenemos por delante no será fácil. Especialmente para mi ama. Pero el amor ya estaba obrando ocupándose de las cosas, aquí mismo en Nazaret.

"Quizás algún día," dijo Eli mientras se levantaba para irse, "Dios abrirá un camino para que todos nos reunamos."

"¿Aquí en Nazaret?" María levantó las cejas.

Eli extendió la mano y le apretó el hombro. "Dios abrió los mares, ¿no?"

¡Oh, sí, el Todopoderoso separa los mares!

El Señor de los Ejércitos gobierna los mares y mantiene firme el sol en el cielo. Dios despeja senderos en el desierto e ilumina la oscuridad con brillantes estanques de esperanza, llevándonos con el viento del amor del Espíritu.

He vivido muchos siglos y esto lo sé con certeza: nada es imposible para Dios. Pero tengo un secreto que contar. Esta vida que estás viviendo hoy contiene todo el tiempo que necesitas para darte cuenta de esto por ti mismo.

BELÉN, BELÉN

STA.IS

~ 21 ~

Partimos en las horas oscuras de la madrugada hacia Belén. Roma decidió, al estilo típico romano, que "todo el mundo debería pagar impuestos."

Todo el mundo.

En verdad, querían decir que todo el imperio debía pagar impuestos. Pero como todos los imperios, Roma malinterpretó que el futuro adoptaría su forma de hacer las cosas como una cuestión de sentido común para todos en todas partes.

Muchos de esos seres humanos con togas no han visto las tierras que yo he visto. Incluso las personas vestidas de metal y pieles curadas de animales no han ido a los confines de la tierra como lo ha hecho esta burrita, donde la gente vive como lo ha decidido, sin pensar en Roma en absoluto.

Y muchos prosperan.

Sin embargo, eso no les importaba a María y José. José tenía que registrarse para poder pagar impuestos según su lugar de nacimiento y según la cantidad de personas que vivían en su hogar. Y de animales también. El emperador Augusto había cambiado todo en lo que respecta a los impuestos. Era mejor que antes, pero...

¡Oh, impuestos, impuestos! ¡Las horas que me han obligado a escuchar a los seres humanos quejándose de los impuestos!

Sin embargo, el camino nos dio la bienvenida nuevamente, ese mismo camino que va de Nazaret a Jerusalén. Los mismos giros y vueltas, el mismo potencial para ladrones y secuestradores, carteristas y rufianes en busca de conflictos.

"¿Estás seguro de que hay espacio en la casa de tu padre?" María preguntó la noche anterior a nuestra llegada a Belén.

"Bueno, no lo sé con certeza en el sentido de una promesa, María, pero estoy tan seguro como puedo estarlo al enviar un mensaje de que vas a venir."

Dormimos cerca uno del otro, el olor de la cebada recolectada nos encontró como un viejo amigo querido que nunca deja de visitarnos una vez al año. María caminó gran parte del viaje al día siguiente, incapaz de apoyar cómodamente su columna en mi espalda con la carga que llevaba en su vientre. Pobre María y pobre de aquellas que llevan bebes humanos en general. Sus bebés descansan sobre sus caderas y otros órganos, aplastando sus entrañas en direcciones muy extrañas. No sé cómo lo hacen. Los animales la pasamos mucho mejor.

Sin embargo, no le digas eso a los humanos. De todos modos, no lo creerían.

Belén apareció cuando cayó la oscuridad, una colección de estrellas en los pliegues del cielo nocturno se elevó para revelar el prisma profundo del atardecer debajo de él. El camino se hundía hacia la puerta de la ciudad, la gente seguía entrando desde fuera de su provincia natal para ser contados por Roma y declarar su riqueza. Hasta ahora, los recaudadores de impuestos o publicanos, el grupo más sombrío de... Bueno, digamos simplemente que eran expertos en sacar dinero de vivos y muertos.

Pasamos por la puerta, enfilados en una cuerda de humanidad, nudos de personas en la entrada, atravesados por la necesidad de un poco de agua, un poco de comida y un buen descanso nocturno. La calle principal nos condujo a través del mercado y más allá de los pozos antiguos, mientras José nos conducía a la casa de Jacob, su padre, en la Ciudad de David, en la tierra de Judá.

Ahora, sólo para refrescar la memoria, Judá era el hermano del famoso José que salvó al pueblo de Israel de una hambruna. Judá fue el hermano que vendió a su hermano José. ¡Vendió a su propio hermano como esclavo! ¿Se puede ser más duro de corazón? Y aquí estábamos, entrando en el territorio que pertenece a los descendientes de Judá para que Dios traiga al Mesías.

No me digas que al Altísimo no le gusta un poco la ironía. El Señor se especializa en eso, pero en el caso de Dios, se llama redención. El tipo de redención tan perfecto para la transgresión que sólo puede ser el resultado de un Creador que une perfectamente las cosas, no transformándolas en algo irreconocible, sino cantándolas en una canción de amor que nunca termina, una canción que reúne las melodías más discordantes en un tono armonioso.

Escucha, Oh Israel, el Señor nuestro Dios, el Señor uno es. Y aquí escuchamos, reuniendo todo lo que una vez fue un misterio, para todos los que pueden escuchar: el reino del Cristo en este lugar y tiempo. Ya está aquí en verdad, a salvo en el vientre embarazado de una joven de Nazaret, despreciada por sus padres, buscada por su vengativo hermano, pero sostenida en los brazos del Amor. No sólo el amor del Altísimo, sino el amor de José y una burra a la que llama su amiga.

Justo al final del camino de la casa del padre de José, María se deslizó por mi espalda y exclamó: "¡Oh, Dios!" mientras descendía.

Los rostros se voltearon, pero José acercó el suyo a la de ella. "¿Estás bien?"

"Mi fuente, se rompió." Un líquido fluía desde debajo del dobladillo de su túnica sobre la tierra polvorienta, debajo de mis patas y hacia las raíces de una higuera cercana. "Ya casi llegamos, querida," dijo José, poniendo su brazo alrededor de su cintura y atrayendo su cuerpo hacia el suyo. "Apóyate en mí. No falta mucho."

Los humanos pueden estar tan equivocados y ni siquiera saberlo.

José nos llevó al establo familiar cinco minutos más tarde. Extendió una nueva cama de paja para los dos.

"Espera aquí con Issy, María."

"¡José!" alguien gritó. "¡Estás aquí!"

Mis orejas son tan valiosos para mí en momentos como este. Lástima que no lo sean para nadie más.

"¡Padre! Traigo a María conmigo," dijo, mientras atravesaba la puerta del establo y entraba en la casa.

La noche estaba burbujeando como un buen guiso de lentejas, las lámparas encendidas y la gente poniéndose al día. Las mujeres traían comida de la cocina comunitaria a la calle y la gente se sentaba en todas las superficies disponibles después de sus largos viajes. ¿Y el aroma? ¡Dios mío!

"La habitación de invitados ya está ocupada, hijo," dijo Jacob, un hombre pequeño con túnica marrón, una barba gris gigante que ocultaba su pecho y estómago. "Tu mensaje llegó demasiado tarde. Vas a tener que quedarte en el establo. Mis disculpas."

"Está de parto, padre."

Silencio.

Silencio.

"¡Rut!" su padre le gritó a la madre de José. "Necesitamos el establo libre de todo el mundo. Déjalos dormir en el suelo aquí. María va a dar a luz a nuestro nieto."

"Padre, nosotros —"

¡Envía a Ezequiel a buscar a la partera! una mujer gritó y comenzó un trastorno general, el mismo trastorno que siempre comienza cuando un humano se prepara para entrar al mundo.

Me levanté de nuevo cuando la madre de José y varias mujeres se apresuraron a entrar listas para evaluar la situación y me dirigí a vigilar la puerta del establo. Los burros tienen a sus crías en los establos todo el tiempo, pero ¿los humanos? Bueno, estoy segura de que ha sucedido antes, pero apenas habría de verlo.

Rut se inclinó y puso una mano sobre la cabeza de María. "La partera viene, pero mientras tanto, te ayudaremos a sentirte cómoda."

"Señora, necesito —"

"Shh, querida. Viene un bebé. Todo está bien."

"Pero —"

"Siempre hay tiempo para hablar, hija. Pero ahora es el momento de actuar y les diré esto. Creo que Dios nos trajo a ti y a este niño, al igual que nos dio a José."

"Gracias," susurró María.

"Las misericordias del Señor son nuevas cada mañana, niña."

Observé a la gente que avanzaba por el camino, a los que se reunían para el censo y el festival que estaba programado para comenzar al día siguiente. *La Fiesta de los Tabernáculos*, como la llaman los humanos, que implica el establecimiento de estructuras temporales y la celebración de la cosecha, había traído a muchos a las cercanías de Jerusalén. Si todo iba bien, la familia presentaría a su miembro más nuevo el primer día de Sucot, el primero de dos días festivos mayores.

A los burros les encantan los días festivos. Un día libre para la mayoría de las bestias de la familia, un poco más de comida, descanso y muchas vueltas, es una de las razones prácticas por las que me gusta residir en Israel.

La cosecha está lista. Viene el Pan de los vivos. El Vino del amor de Dios se prepara para fluir sobre toda esta tierra. El refugio del Altísimo, la morada del Todopoderoso, está aquí. El Tabernáculo omnipresente viene a recibir los corazones errantes mientras la creación se abre esta misma noche para recibir a su Creador cara a cara.

La noche se alargó a medida que se acortaba el tiempo entre los dolores de parto de María. Todos los hombres se habían ido. Mujeres y bestias, ustedes ven, los humildes, bueno, le dimos la bienvenida al Rey de Reyes, ¿y saben por qué? Estamos lo suficientemente abatidos como para reconocer la valentía pura que exhibe un ser humano simplemente por nacer en este mundo hermoso pero tenso, glorioso pero pesado al mismo tiempo.

Oh Jesús. Oh Jesús. Ven, ven.

Ven rápido.

Ven para siempre.

Si bien los burros tienen
más de una maniobra,
nosotros sólo tenemos
una obra, y la mía es
llevar al Mesías.

STA.IS

~ 22 ~

Me pregunto ¿cuántos tomarán esta noche y harán de ella lo que quieran? ¿Cuántos imaginarán a María llevando al Perfecto, de manera perfecta, sin dolor ni molestias?

Entonces, les diré esto. El nacimiento no es fácil.

Esto no lo hace malo.

Los burros sabemos un poco sobre el malestar. Lo aceptamos como parte de nuestras vidas, por lo que también sabemos disfrutar del agua cuando la obtenemos, el alimento cuando nos llega y el aire fresco en todo momento.

Pero he notado que los humanos son diferentes. No son muy buenos para ser humanos. Siempre hay algo mal, algo por que llorar y alguien a quien tratar como si no fuera también un humano. Espero que nuestro Jesús cambie eso. Es una tarea muy difícil y no me gustaría estar en su lugar.

Rodeada de cuidados femeninos, María gritó como cualquier otra mujer que haya escuchado dar a luz. Limpiaban su frente. Una de las mujeres pasó suavemente sus dedos por el cabello cada vez más húmedo de María y dijo palabras suaves de aliento.

¡Un niño está por nacer! Y en Israel, todo niño es hijo de Dios.

Altísimo, que este niño muestre el Padre bondadoso y amoroso que eres en verdad, eterna Misericordia y Amor eterno. Que vean la bondad, lo misericordioso y el valor de Tu Hijo para que puedan ver la bondad, misericordia y el valor el uno en el otro, mientras el tiempo los lleve en sus brazos.

Quizás este nacimiento, esta venida del amor de Dios por los seres humanos, despertará en ellos el amor por todo lo que Dios ha hecho, no sólo uno por el otro, sino por los burros también como la Vieja Is. Oh, por todos los burros, y las vacas, y también los gorriones.

Incluso los lirios, tan hermosos, que aceptan la lluvia, el sol y la santa bondad.

Todos nosotros. Todos nosotros. Todos nosotros.

Soy una criatura esperanzada, sin duda, y ¡oh, alegría de todas las alegrías!

"¡Él está aquí!" gritó su abuela.

Todas se acercaron para ver cómo Rut lo abrazaba y le palmeaba el trasero. "Vamos, vamos. Dinos que has llegado."

Nadie respiraba.

Ningún sonido escapó del pequeño. Movieron sus pies, su cuerpo y, aunque solo habían pasado diez segundos, se vino un frenesí de jadeos.

Pero mi María extendió sus brazos, tomó a su bebé, lo sacudió levemente y dijo: "¡Pequeño! ¡Pequeño! ¡Despierta! Es tiempo de empezar."

Varias mujeres se miraron y encogieron los hombros. Pero María miró a los ojos brillantes de su Hijo. Ella le besó la cabeza y, me gustaría decirte que él sonrió como el Divino. Pero en cambio, gritó.

Oh, y como gritó.

Y diez minutos después, seguía gritando.

"¡Creo que le gusta el sonido de su voz!" bromeó una de las mujeres.

Eso sí lo entendí.

"¡Será bueno cantando!" otra se rio.

Si a este niño no le gustaba el sonido de su voz, a nadie más le gustaría. Y tengo un fuerte presentimiento de burro, que la nota que canta será de amor, no de odio; paz no guerra; salud, no división.

Que el cántico de Jesús sea entonado con total abandono desde esta noche en adelante. Que el canto de los burros haga eco de la nota de Dios. Y que los humanos se den cuenta de que es la canción que ellos también siempre debieron cantar.

PREPÁRATE JOSÉ

¿Buscabas un final?
Mi amigo, la historia
apenas comienza.

STA.IS

~ **23** ~

José carga unos jarros de agua en mi espalda. "Vamos, Issy. Vayamos al pozo. Hoy vendrá mucha gente. No sé cómo vamos a comer toda esa comida y si Padre me invita a bailar... Señor, ten piedad." Él rio.

Rebuzné. Me frotó la nariz.

Humanos y sus celebraciones.

Espero que nunca se detengan.

Continuará...

Gracias Por Leer

Para obtener más información sobre The Salish Sea Press e St. Is, visítenos en:
https://salishsea.press

Siga The Salish Sea Press en las redes sociales:
Facebook e Instagram: thesalishseapress

¡Y no te olvides de la Vieja Is!
Instagram: asassysidekick

Otros Títulos por Leonard y Lisa

Autor de más de 60 libros, los últimos de Leonard son:

Songs of Light series with Lisa Samson (2021)

Contextual Intelligence, with Michael Beck

Rings of Fire: Walking in Faith Through a Volcanic Future

Mother Tongue

The Bad Habits of Jesus

Autora de 40 libros, los favoritos de los lectores de Lisa son:

We Had Stars in Our Eyes (2021)

Songs of Light series with Leonard Sweet (2021)

Quaker Summer

The Passion of Mary-Margaret

Embrace Me